Eberhard Müller

AF124779

Die Lokführerın

Erzählung aus der Epoche der Deutschen Bundesbahn

Impressum

Coverbild: Foto von Thomas Konz

2. Auflage Juni 2015

ISBN: 9783 734 799 792

Herstellung und Verlag: BoD - Books on Demand, Norderstedt

Vorwort

Die Dampfmaschine, die James Watt verbessert hatte, wurde bald auch im mobilen Bereich eingesetzt. Die dominanteste Anwendung erfolgte in Schienenfahrzeugen. Wohl keine Erfindung des 19. Jahrhunderts hat die Lebensbedingungen und den Erfahrungshorizont der Menschen so radikal geändert wie die Eisenbahn. Auch im Bereich von „Frauen in Männerdomänen" und der Gleichstellung von Mann und Frau, spielte die Eisenbahn eine bedeutsame Rolle. Die Geschichte „der Lokführerin" nimmt uns unmittelbar hinein, sowohl in das Gesellschaftsgeschehen wie in den Eisenbahnbetrieb.

Zum Beginn der zweiten Hälfte des 19. Jahrhunderts war das Eisenbahnnetz auf dem Gebiet des späteren Deutschen Reichs bereits auf 6.000 Kilometer angewachsen. Die Ausbaugeschwindigkeit des stählernen Netzes erfolgte in Deutschland mit einem Tempo, das alle anderen werdenden Industriestaaten übertraf. Die Vereinigten Staaten wurden um das dreifache und England und Frankreich um das Doppelte übertroffen. Zweifelsohne hatte die Eisenbahn eine maßgebenden Anteil daran, das Deutschland sich von den schlimmen Folgen des verheerenden 30jährigen Krieges erholen und zu einer bedeutenden Industrienation aufsteigen konnte.

Mit dem neuen aufstrebenden Verkehrsmittel verbanden sich hochgespannte Erwartungen. Für die damaligen Zeitgenossen verkörperte die Eisenbahn Aufbruchstimmung, Zukunftserwartung und Fortschritt. Die Bahnhöfe in den großen Städten wurden zu „Kathedralen des Fortschrittes". Diese Bauwerke der Moderne wurden manchmal, wie in Köln, direkt neben den eigentlichen Kathedralen errichtet und in ihnen entfaltete sich die säkulare Religion des 20. Jahrhunderts. Die Religion der Technik und des Fortschrittes. Die Erzählung von Sophia Fuhrmann – unserer Lokführerin, trägt daher auch unverkennbar pseudo-religiöse Züge. Von daher erklärt sich, dass alles was mit der Eisenbahn zusammenhing mit der größten Aufmerksamkeit und weitgehender Zustimmung aufgenommen wurde. Das Interesse an der Eisenbahn durchdrang alle Volksschichten. Millionen ließen sich von einem neuen Lokomotivtyp faszinieren. Spielzeugeisenbahnen aus Holz und Blech waren der Traum eines jeden Kindes. Die Firma Märklin präsentierte 1891 auf der Leipziger Frühjahrsmesse die erste auf Schienen laufende Modelleisenbahn, die einen förmlichen Boom auslöste.

Vor diesem faszinierenden Hintergrund fiel es nicht schwer, trotz mäßiger Bezahlung, den Nachwuchs für das ständig wachsende Riesenheer der Eisenbahner zu rekrutieren. Kaum gab es einen Jungen der nicht einmal Lokführer werden wollte. Selbst der kleinste Schaffner nahm noch Teil an der Aura der Modernität die das neue Verkehrsmittel umgab. 26.000 Personen hatten die Bahnen bereits 1850 beschäftigt. Sie waren schon damals der größte Arbeitgeber in Deutschland. 1873 war die Zahl der Eisenbahner auf 234.000 Personen gestiegen. Die Einbindung der Familie in die „Gemeinschaft der Eisenbahner" war damals schon eine „Geschäftspolitik" der Eisenbahnverwaltungen. Als in diesen Jahren erstmals auch Frauen eingestellt wurden, handelte es sich zumeist um erwachsene Töchter, später auch Frauen von Eisenbahnangestellten. Noch 1892 heißt es in der Enzyklopädie des Eisenbahnwesens unter dem Stichwort Frauen: „Man beschäftigte gewöhnlich weibliche Angehörige von Beamten und besserte damit einerseits die Lage der Beamten und förderte andererseits durch die geringe Bezahlung der Frauen die Ökonomie in der Verwaltung." Auch im Beamtendienst wurden in dieser Zeit bereits unverheiratete und verwitwete Frauen ohne unmündige Kinder beschäftigt. Ihre Anstellung stand allgemein unter dem Vorbehalt, dass sie unverheiratet blieben. Ihr Beamtenstatus war dementsprechend mit dem Zölibatsgebot verbunden. Sicherlich handelte es sich bei der Anstellung von Frauen damals um keine soziale Leistung der Bahnverwaltung, geschweige denn um eine Politik der Gleichstellung von Mann und Frau am Arbeitsplatz.

Im letzten Friedensjahr 1913, waren bei den deutschen Staatsbahnen (90 % der deutschen Eisenbahnen) rund 700.000 Personen angestellt, davon fast 40 % als Beamte. Während des Ersten Weltkrieges stieg die Anzahl der Eisenbahner noch einmal beträchtlich. Dabei nahm auch die Zahl der Frauen stark zu. Sie wurden während des Krieges im Betriebsdienst, der Bahnunterhaltung und in den Werkstätten eingesetzt. Ihr Anteil betrug in der Hochphase knapp 15 % gegenüber einem Vorkriegsanteil von 1,6 %. Nach dem Krieg blieb die Zahl der Frauenarbeitsplätze bei der Bahn, trotz einer großen Frauenkündigungswelle, über dem Vorkriegsniveau. Sie hat 1919 etwa 30.000 betragen. Die Schaffnerin oder Fahrkartenverkäuferin gehörten nun zum selbstverständlichen Erscheinungsbild der Reichsbahn – bei weitem jedoch noch nicht das von einer Lokführerin. Ende 1919, also kurz vor Gründung der Reichsbahn, waren mehr als 1,1 Millionen Personen bei der Bahn tätig. Das heißt rund vier Prozent aller Erwerbstätigen waren auf dem Höhepunkt der Entwicklung Eisenbahner. Danach gingen die Beschäftigungszahlen wieder zurück. Zurzeit von Sophia Fuhrmann waren 230.000 Mitarbeiter bei der Deutschen Bundesbahn beschäftigt.

Zu Beginn des 20. Jahrhunderts war die Eisenbahn der bei weitem größte zivile Arbeitgeber in Deutschland. Er setzte mit seinem Lohn- und Gehaltsgefüge, mit seinen Sozialleistungen, mit den Hierarchien in seinem Betrieb Maßstäbe für die gesamte Arbeits- und Lebenswelt. Dazu kam, dass die Bahn auch der größte zivile Auftraggeber war und Einfluss auf die Preisgestaltung großer Industriebereiche ausüben konnte. Zu ihnen zählte in vorderster Linie die Montanindustrie, die im stärksten Maße vom Eisenbahnbau profitierte. Aber auch die Bau- und Holzindustrie sowie die Schotterhersteller, die Bettungsstoffe für die Gleisanlagen lieferten, konnten mit regelmäßigen Aufträgen rechnen. Enorme Summen flossen in den Maschinenbau für die Beschaffung von Lokomotiven, Personen- und Güterwagen.

Die deutschen Bahnen waren in den Jahrzehnten vor dem Ersten Weltkrieg, von Ausnahmen abgesehen, moderne und beispielhafte Unternehmungen. Sie standen für ökonomische Leistungsfähigkeit und Innovationskraft der deutschen Wirtschaft. Mit Hilfe der Bahn schickte Deutschland sich an, England, „the first industrial nation", zu überflügeln. Um 1900 verfügten die deutschen Eisenbahnen nicht nur über das größte Streckennetz in Europa (ca. 50.000 Kilometer), sondern erzielten auch den größten Überschuss in Relation zum Anlagekapital. Rund 900 Millionen Fahrgäste beziehungsweise 21 Milliarden Personenkilometer zählten die deutschen Bahnen in dieser Zeit im Jahr und beförderten Güter im Umfang von etwa 320 Millionen Tonnen. Die Eisenbahnen bestimmten und beherrschten beim Eintritt in das 20. Jahrhundert fast die gesamte wirtschaftliche Infrastruktur des Landes. Von ihrer Präzision, Leistungsfähigkeit und Modernität hing die wirtschaftliche Entwicklung und Zukunft des Reiches entscheidend ab.

5

Nach dem 1. Weltkrieg, im nationalistischen Staat, erfolgte eine Kampagne der Partei gegen das sogenannte Doppelverdienertum, die vor allem Frauen betraf, und die auch an die Verwaltungsspitze der Reichsbahn herangetragen wurde. Hingenommen und akzeptiert wurde auch die ungleiche Behandlung der Frauen bis zum Kriegsbeginn. Weibliche Arbeitskräfte erhielten weniger Lohn als männliche Beschäftigte. Sie durften bis zum Herbst 1939 nur solche Stellen innehaben, „die ihrer Art nach mit weiblichen Personen besetzt werden müssen". Bei der Bahn war dies vorwiegend der Reinigungs- und Schrankenwärterdienst. Lokführerin zu werden, daran durfte eine Frau damals nicht einmal im Traume denken.

„Räder müssen rollen für den Sieg" lautete die Durchhalteparole während des Krieges für die Eisenbahner. Alle verfügbaren Kräfte mussten für den „Endsieg" eingesetzt werden. Um mit den leidigen Personalmangel fertig zu werden rückten Frauen in die offene Stellen, mehr und mehr auch in qualifizierte Positionen. In unablässig aufeinander folgenden „Erlassen und Verfügungen" wurde geregelt welche Tätigkeiten Frauen im Krieg versehen durften und was ihnen im Betriebsdienst, auf Bahnhöfen und auf freier Strecke, im Zugbegleitdienst und im Werkstätten- und Betriebsmaschinendienst „ausdrücklich" untersagt blieb. Der Lokführerdienst gehörte nach wie vor zu den verbotenen Tätigkeiten. Ende 1943 taten ungefähr 190.000 Frauen in fast allen Bereichen der Reichsbahn Dienst. Mit einer Arbeitszeit von 54 bis 56 Stunden pro Woche und mit der Tendenz, für gleiche Arbeit gleichen Lohn zu erhalten. Schließlich, ab 1943, bekamen sie auch die Erlaubnis zur Nachtarbeit.

Am Ende des Zweiten Weltkrieges befanden sich die deutschen Eisenbahnen in einem verheerenden Zustand. Sie waren von dem alliierten Luftstreitkräften intensiv bombardiert und auch im Bodenkampf schwer mitgenommen worden. Auf ihrem Rückzug hatte die Wehrmacht zudem Brücken und Eisenbahntunnel gesprengt. Viele Wagen und Lokomotiven waren unbrauchbar geworden. Erst in der zweiten Hälfte des Jahres 1948 wuchs die Zahl betriebsfähiger Wagen und Lokomotiven wieder. Die Eisenbahnen klagten über den Mangel an Personal, obwohl die Zahl der Bediensteten allein im Westen auf 527.000 stieg. Die dennoch spürbare Personalnot, die aus der geringen Arbeitsproduktivität resultierte, führte dazu, dass man sich zunehmend bemühte Frauen zu beschäftigen. Erst nach der Währungsreform änderte sich die Lage dramatisch, denn nun wurde deutlich, dass die Eisenbahnen personell überbesetzt waren. Frauen gehörten zu den größten Verlierern der nun beginnenden Personalrückführung, vor allem in Westdeutschland.

Die Zeit von 1975 bis 1991 – in der sich das Schicksal unserer Lokführerin abspielte - war für die Eisenbahnen in Deutschland ein besonderer Abschnitt. Es war die letzte Phase einer Staatsbahn in Deutschland. Danach fielen die Bahnen wieder in ihre Anfänge zurück – in Privat und Länderbahnen. Es war auch die Zeit wo erstmals nach langer Zeit Strecken neu gebaut wurden (Schnellfahrstrecken für den IC und ICE-Verkehr) und wo West und Ost wieder zueinander fanden (Vereinigung der Bundesbahn mit der Reichsbahn). Natürlich war es auch die Zeit wo Frauen endlich in alle Ebenen vordringen konnten. Sophia Fuhrmann hatte sowohl im schweren Güterzugverkehr wie im ICE-Traktionsdienst die letzten Hürden (Männerdomänen) genommen. In dieser Epoche war noch ein starker Gemeinschaftssinn unter den Eisenbahnern zu spüren. Die Bahn war gewissermaßen ein großer Familienbetrieb. Man fühlte sich nicht als Söldner im Eisenbahnerheer sondern als Teil des Unternehmens. Dies kommt besonders in den Handlungen „der Lokführerin" zum Ausdruck. Die Erzählung ist daher ein aus dem Leben geschriebenes historisches Dokument jener Ära.

1994 wurde die Deutsche Bundesbahn in 5 Aktiengesellschaften zerschlagen. Nun war es mit dem Gemeinschaftssinn weitgehend vorbei. Alles wurde auf Wirtschaftlichkeit ausgerichtet. In dieser Struktur, wo beispielsweise die *Güterzug AG* jeden gefahrenen Kilometer mit der *Netz AG* abrechnen muss, wäre eine Eisenbahnerlaufbahn, wie die der Lokführerin Sophia Fuhrmann, wohl kaum möglich gewesen.

Die Lokführerin

Sie stand im Hauptbahnhof Frankfurt am äußersten Ende des Bahnsteiges und wartete auf den ICE nach Stuttgart. Die Lautsprecheransage hatte den von Hamburg kommenden Intercity-Express 5 Minuten Verspätung vorausgesagt. Endlich. Gemächlich über die Weichen windend fuhr der lange Zug in den Bahnsteig ein. Der Kollege im Cockpit grüßte ihr etwas verlegen zu. Sophia Fuhrmann schaute auf die Uhr. Der Zug hatte 10 Minuten Verspätung. „Nun ja", dachte sie, „auf der Schnellfahrstrecke Mannheim – Stuttgart werde ich die Zeit wieder hereinholen, falls nicht durch einen langen Bahnhofs-Aufenthalt die Verspätung noch größer wird."

Kaum das der Zug ganz stand, schloss sie den Triebkopf auf und kletterte hinein, während am anderen Ende, auf der Prellbockseite, der Kollege den Führerstand verließ. Er hatte Feierabend und sie Dienstbeginn. Sobald sie ihre Tasche abgestellt hatte, öffnete sie den Indusischrank (induktive Zugsicherung) und trug ihren Namen in die Schreibrolle, die ihre Fahrt aufzeichnen würde. Dann legte sie den Sifa-Schalter (Sicherheitsfahrschalter) um. Dieses Gerät würde ihre Dienstfähigkeit überwachen. Früher hieß diese Einrichtung Totmannschalter. Nun tippte sie die Zugnummer in den elektronischen Buchfahrplan. Das betreffende Display würde ihr während der Fahrt zu jedem Streckenkilometer die zulässige Höchstgeschwindigkeit, nebst der Uhrzeit, an der sie dort sein sollte, angeben. Natürlich auch die Bahnhöfe an denen sie zu halten hatte mit der vorgegebenen Aufenthaltszeit. Nun stellte sie am Zugbahnfunk noch die Frequenz für die vorliegende Strecke ein und machte es sich in ihrem

Arbeitstuhl bequem. Sitzend löste sie die Bremsen im Zug. Der Lokführer am anderen Ende hatte alle Bremsen angelegt. Diese hatte sie nun von ihrem Führerstand aus zu lösen. Das galt als vereinfachte Bremsprobe. Damit konnte festgestellt werden ob auch ihr Hauptführerbremsventil alle Bremsen im Zug ansprach.

Nach ein paar Minuten entspannten Sitzens leuchtet an einem Signalmast vor ihr der grüne Kranz auf – das Abfahrsignal. Ohne aus dem Seitenfenster zurück zu schauen schaltete Sophia die acht Antriebs-Motoren auf, und der Zug glitt allmählich beschleunigend aus dem Bahnhof. Über das vor ihr liegende Weichengewirr durfte sie mit maximal 60 km/h fahren. Danach, bis Mannheim, betrug die vorgesehene Geschwindigkeit zwischen 140 und 160 km/h.

Als der sich Zug über den Weichenverbindungen wand entrang Sophie unwillkürlich ein Seufzer. Sie dachte an die Morgenstunden. Daheim hatte sie eine fürchterliche Szene provoziert. Sie war Pfarrfrau und ihr Mann hatte sie gebeten ihren Beruf als Lokführerin aufzugeben um sich mehr der Gemeinde zu widmen. Das hatte ihr nicht gefallen. Maßlos verärgert schrie sie ihren Mann an: „Wer war den zuerst da, du oder die Bahn? Als du mich heiratest wusstest du von meinen Beruf, und er hat dir sogar imponiert und nun soll ich ihn aufgeben? Nie und nimmer!" Als Zeichen der Empörung warf sie ihm den Gemeindebrief vor die Füße. Er bat sie dann um der beiden kleinen Kinder willen, die ihre Mutter noch brauchten, zu Hause zu bleiben. „Du lungerst doch den ganzen Tag im Pfarrhaus herum. Du kannst dich doch um die Kinder kümmern, dann hast du wenigsten etwas Vernünftiges zu tun.", erwiderte sie mit schriller Stimme, packte ihre Eisenbahnertasche und verschwand.

Der Zug hatte nun die freie Strecke erreicht. Ohne ihr zutun fand er seinen Weg. Irgendwo auf einem Stellwerk hatte jemand ihr die Fahrstraße zuverlässig eingestellt. Wo aber lag ihr persönlicher Weg? Befand sie sich noch auf der rechten Bahn? Die Sache von heute Morgen lag ihr unverdaut im Magen. Wenn es doch auch im menschlichen Leben jemanden gäbe der einen auf den richtigen Weg leiten könnte.

Die Signale standen alle auf grün. Sophia beschleunigte den Zug auf 160 km/h. Bis nach Mannheim würde sie voraussichtlich ungehindert durchfahren können. Sie hatte vor Fahrtbeginn die Langsamfahrordnung (La) studiert. Es gab heute keine Baustellen auf diesen Streckenabschnitt und ihr ICE hatte Vorrang vor allen anderen Zügen. Ausgenommen davon waren nur spezielle Sonderzüge, wie ein dringlicher Hilfszug oder ein Güterzug mit zeitkritischer Ladung. Die Wahrscheinlichkeit war gering, dass um die jetzige Mittagszeit ihr so etwas in die Quere kam. Entspannt lehnte sie sich zurück und ließ die Landschaft an sich vorüberrauschen. Aber mit der vorbeieilenden Umgebung kamen die Erinnerungen.

Im Bahnbetriebswerk Kornwestheim hatte sie das Handwerk eines Lokführers gelernt. Während des letzten Jahres im Gymnasium wurde sie oft gefragt, was sie werden wollte. Sie zuckte jedes Mal mit den Schultern. Sie wusste es selbst nicht. Zum studieren hatte sie keine Lust. Da las sie in verschiedenen Zeitungsannoncen, dass die Bahn Lokführer suchte. Mittlere Reife reichte bereits um sich zu bewerben. Sie dachte sich: „Warum nicht? Das probierst Du einfach einmal." Ihre Bewerbung wurde angenommen und nach dem Abitur wurde sie dem Bw Kornwestheim zur Ausbildung zugewiesen. Von dort wurde sie auf eine Bundesbahnschule nach München geschickt. In München lernte sie die technischen Geheimnisse der Diesel- und Elektrolokomotiven aber auch das ganze betriebliche Regelwerk der Bahn kennen. Von den Anwärtern wurde z. B. verlangt, dass sie das Signalbuch sowie die Fahrdienstvorschrift so gut wie auswendig kannten. Denn bei Unregelmäßigkeiten, wie technischen Störungen, Baustellen, Unfällen usw. mussten sie eindeutig wissen, was zu tun war. Eine falsche Handlung in einer Situation, wo die betrieblichen und technischen Absicherungen nicht mehr greifen, kann zur Katastrophe führen.

Die einjährige Ausbildung in München bereitete Sophia keine große Schwierigkeiten. Sie fand sie interessant und sehnte sich, wie die meisten ihrer Ausbildungskollegen, bald auf große Fahrt zu gehen. Doch damit war vorerst nichts. Sie wurde auf dem großen Verschiebebahnhof Kornwestheim im Rangierdienst eingesetzt. Auf den Diesellokomotiven V60 und V90 war sie nun als Lokführerin tätig. Bei Wind und Wetter, bei Tag und Nacht musste sie den Kopf aus dem Führerstandsfenster herauslehnen um die Anweisungen der Rangierer aufzunehmen und umzusetzen. Ihre Aufgabe bestand darin, die von den Streckenlokomotiven hereingebrachten Güterzüge zu zerlegen und in Nahgüterzüge zusammenzustellen. Oder umgekehrt, Güterwagen aus dem Nahbereich zu Ferngüterzügen zusammenzustellen. Sie war die einzige Frau in dieser Männerdomäne und manchmal fragte sie sich ob sie wirklich den richtigen Beruf gewählt habe.

Doch der Rangierdienst hatte auch seine reizvollen Seiten. Bei schönem Wetter im Frühjahr und Sommer, machte es Freude seinen Kopf aus dem Lokfenster zu stecken. In diesen Augenblicken wollte sie ihren Arbeitsplatz nicht mit einem muffigen Büro vertauschen. Sie hatte langes kräftiges schwarzes Haar, das sie zu einem Zopf zusammenflocht. Es hing ihr bis zu den Hüften. Sie leistet sich oft den Spaß ihren Zopf aus den Lokfenster baumeln zu lassen. Die Rangierer die auf den Trittbrettern mitfuhren starten verdutzt darauf. Manche deuteten sogar mit dem Finger auf ihren dicken Zopf. Verschiedene Male wurde sie darauf angesprochen: „Das ist aber gefährlich. Wenn ihr Haar an einem Gittermast hängen bleibt, wird ihnen die Kopfhaut abgerissen." „Nein, nein!", erwiderte sie lachend. „Das ist eine Sicherheitsmaßnahme für euch. Wenn ihr den Halt verliert könnt ihr euch daran festklammern." Mit der Zeit merkte sie, dass die meisten Rangierer gern mit ihr Dienst taten und es manche sogar als Ehre empfanden, zusammen mit ihr das Geschäft zu erledigen. Das entschädigte sie etwas für den harten Dienst bei Kälte, Regen und Schnee. Oft saß sie auch während der Rangierpausen mit ihnen zusammen zum vespern oder zum plaudern. Es waren einfache Leute, die eine harte unfallträchtige Arbeit auszuführen hatten, meist Ausländer. Im Gespräch mit ihnen lernte sie ihre Alltagssorgen und Nöte kennen und verstehen. Bald war sie, die einzige Lokführerin im großen Rangierbahnhof, bekannt und beliebt wie ein bunter Hund.

Nach einem Jahr jedoch wurde sie in den Streckendienst versetzt. Allerdings ging es immer noch nicht auf große Fahrt. Sie wurde im Personenzugnahverkehr eingesetzt. Hauptsächlich fuhr sie auf der eingleisigen Strecke zwischen Ludwigsburg und Backnang. Hier hatte sie mit der Diesellok V100 Wendezüge zu fahren. Mit der Lok voraus fuhr sie nach Backnang. Zurück nach Ludwigsburg steuerte sie vom letzten Reisezugwagen aus (er war als Steuerwagen ausgerüstet) den Zug, während die unbesetzte Lok den Zug schob. Es war eine nette Zeit. Die Arbeitszeit war meist tagsüber und der Führerstand war abgeschlossen und warm. Nur in den Bahnhöfen, deren es allerdings auf der Strecke viele gab, musste sie vor Abfahrt des Zuges das Seitenfenster öffnen um den Abfahrauftrag des Zugführers entgegen zu nehmen. Das Geschäft war nicht mehr so gesellig wie der Rangierdienst. Nun war sie einsam auf der Lok. Dennoch war der Fahrdienst angenehmer und gefiel ihr auch besser.

Als ein Jahr verflossen war, gab es wieder einen Wechsel. Das Hauptgeschäft vom Bw (Bahnbetriebswerk) Kornwestheim bestand nicht im Rangierdienst oder Personennahverkehr sondern im Güterzugdienst. Auf der Hauptrollbahn waren Ferngüterzüge zwischen Bruchsal und Neu-Ulm durch das Hügelland zu schleppen. Deswegen waren im Bw Kornwestheim die sechsachsigen elektrischen Lokomotiven der Baureihe 150 und 151 beheimatet. Die Loks waren für den schweren Güterzugdienst bestimmt und mussten die langen Züge über die Brettener- und Geislinger-Steige ziehen. Zu diesem Dienst wurde Sophia aushilfsweise berufen.

Der zuständige Bahnarzt hatte zwei Lokführer aus psychologischen Gründen vom Fahrdienst entfernt. Auf das Phänomen der seelischen Dienstunfähigkeit werden wir im Laufe der Erzählung noch stoßen. Vorläufig sei nur gesagt, dass Sophia für einen dieser Männer einspringen musste. Nun war also unsere Lokführerin bei der elektrischen Traktion gelandet. Sie wurde Herrin über eine 6.000 PS starke und 124 Tonnen schwere Lok. Die E 50 war damals die größte und leistungsfähigste Lok der Deutschen Bundesbahn. Dabei hatte sie 15.000 Volt Oberleitungsspannung zu bändigen. Eine Unfallquelle, die bei der Bahn bereits eine Legion zu Krüppeln machte oder ins Grab brachte. Es bedarf noch nicht einmal einer Berührung. Eine zu enge Annäherung an ein hochspannungsgeladenes Teil kann bereits zum Überschlag und zum Tod führen.

In diesem Abschnitt ihres Lokführerdaseins hatte Sophia überwiegend nachts zu arbeiten. Das Güterzüge hauptsächlich in der 2. Tageshälfte fahren hat zweierlei Gründe. Einmal sind nachts die Strecken von Personenzügen weniger befahren und zum anderen wird der Stromverbrauch gleichmäßig gehalten, was zu einer guten Auslastung der betroffenen Kraftwerke führt. Der elektrische Strom kam im wesentlichem vom Atomkraftwerk Neckarwestheim. Dort hat die Bahn einen eigenen Turbinensatz mit Generator stehen (heute steht dazu im Block 2 noch ein Wechselumrichter der den 50-Herz-Strom in 16,7-Herz umformt). Im Gegensatz zu den übrigen Stromerzeugungsanlagen war zwischen der Dampfturbine und dem Generator ein Getriebe geschaltet mit einer Untersetzung von 1:3. Dadurch wurde der 16,7 Herz Bahnstrom erzeugt.

Die Lokbaureihe 150 (E 50) mit der Sophia Fuhrmann im schweren Güterzugdienst fuhr.

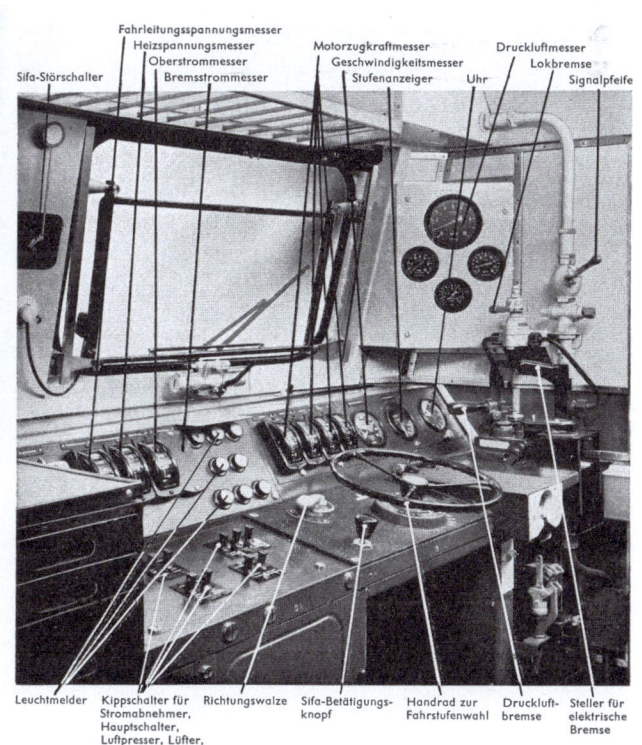

Fahrleitungsspannungsmesser
Heizspannungsmesser
Oberstrommesser
Bremsstrommesser
Motorzugkraftmesser
Geschwindigkeitsmesser
Stufenanzeiger
Uhr
Druckluftmesser
Lokbremse
Signalpfeife
Sifa-Störschalter

Leuchtmelder
Kippschalter für Stromabnehmer, Hauptschalter, Luftpresser, Lüfter, Indusi, Schleuderschutz usw.
Richtungswalze
Sifa-Betätigungsknopf
Handrad zur Fahrstufenwahl
Druckluftbremse
Steller für elektrische Bremse

Einer der Arbeitsplätze von Sophia

15

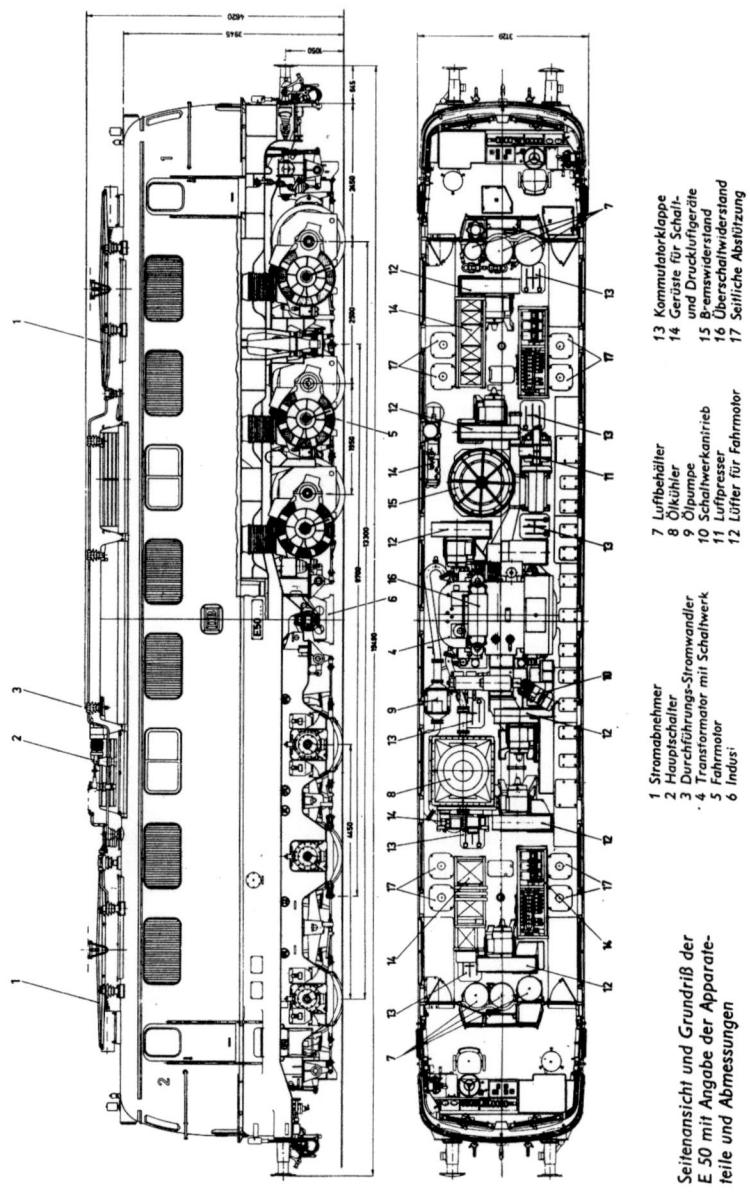

Seitenansicht und Grundriß der
E 50 mit Angabe der Apparate-
teile und Abmessungen

1 Stromabnehmer
2 Hauptschalter
3 Durchführungs-Stromwandler
4 Transformator mit Schaltwerk
5 Fahrmotor
6 Indusi

7 Luftbehälter
8 Ölkühler
9 Ölpumpe
10 Schaltwerkantrieb
11 Luftpresser
12 Lüfter für Fahrmotor

13 Kommutatorklappe
14 Gerüste für Schalt- und Druckluftgeräte
15 Bremswiderstand
16 Überschaltwiderstand
17 Seitliche Abstützung

Zur Zeit von Sophias Dient wurden etwa 30% des gesamten Bahnstromes vom Kraftwerk Neckerwestheim gedeckt und zwar bei Nacht wie bei Tag.

Die meisten von Sophias Kollegen waren von den Nachtfahrten nicht begeistert. Sie hatten in der Regel Familien und wollten auch mit Ihnen zusammen etwas unternehmen. So aber mussten sie nachts fahren und tagsüber schlafen. Sophia dagegen fuhr in der Dunkelheit leidenschaftlich gern. Mond und Sterne wurden ihre Freunde. Die Vielfalt an Schattierungen und Düsterkeiten, die die Nacht hervorbrachte und welche Brückengelände, Bauwerke, Hügel und Wälder zu einer geheimnisvollen ja märchenhaftes Welt auferstehen ließ, beflügelten Sophias Fantasie, so dass sie sich manchmal fühlte sich wie eine Prinzessin im Traumland.

Ein objektiver Beobachter hätte schon damals mit etwas Sorge auf ihre fast mystische Entwicklung geblickt. Doch es gab keinen, der dies feststellte, oder gar Einhalt hätte gebieten können. Im Gegenteil, auf der Lokleitung war man mit ihrem Dienst sehr zufrieden und schätzte es als einen Glücksfall, dass sie so bereitwillig ihren Dienst zu nachtschlafender Zeit verrichtete. Hätte, wie früher, noch ein Zugführer auf dem Führerstand mitgefahren, manches wäre vermutlich anders gelaufen. Doch so kam es, wie es kommen musste. Es dauerte nicht lange, dass sie gefragt wurde, ob sie nicht ständig in diesem Dienstplan fahren wolle. Ohne zu überlegen hatte sie ja gesagt. Die Zweifel die sie noch im Rangierdienst geplagt hatten waren verschwunden. Sie hatte ihre Bestimmung gefunden. Oder anders gesagt, sie hatte sich für immer mit der Bahn verlobt. „Für immer" ist an dieser Stelle ein starkes

Wort, aber es drückt aus, was sie damals empfand. Aber schon die Urkunde der Bundesrepublik Deutschland, die sie zur Lokführerin und zur Beamtin auf Lebenszeit ernannte, klar stellte, dass ihre Bahntätigkeit nicht ewig währen würde. In Wirklichkeit deute ihre emotionale Bahnverlobung nur an, dass ein noch ein tieferes Erlebnis bevorstand.

Der schwere Güterzugdienst in dem sie jetzt fest eingebunden war umfasste dienstplanmäßig 12 Tage. Jeder Tag, bzw. jede Nacht, fing zu anderen Zeiten an und brachte unterschiedliche Transportaufgaben mit sich. Nach dem 12. Tag wiederholte sich alles, abgesehen von Abweichungen die sich meistens an Wochenenden oder Feiertagen ergaben. In diesem Dienstplan fuhren erfahrene ältere Hauptlokführer und Betriebsinspektoren. Dass sie als Mädchen darin dauerhaft aufgenommen wurde, war ein absolutes Novum im Bahnbetriebswerk. Vielleicht war es der Reiz des Neuen und die vermeintliche moderne Aufgeschlossenheit gegenüber dem Zeitgeist, dass es Sophias Vorgesetzten an der gebotenen Nüchternheit und überlegten Handlungsweise hatten fehlen lassen und sie stattdessen als Vorzeigeobjekt missbrauchten.

Der Dienst war für Sophia, trotz aller Begeisterung, nicht einfach zu bewältigen. Besonders der ständige Wechseldienst schlauchte sie am Anfang. Auch war die Bahn bei weitem nicht überall auf den Einsatz von Frauen vorbereitet. Manchmal musste sie die Auswärts-Ruhe-Räume mit Männern teilen. Oft zog sie es dann lieber vor auf ihrer Lok zu übernachten. Bequem jedenfalls war dieses Leben nicht. Doch die einsamen Fahrten in der Nacht, als einziger Mensch im gesamten Zug, machten alle Mühsal wieder wett. Da war sie Prinzessin in einem Zauberreich.

Die meisten Fahrten hatten keine Geschichte. Wiewohl Güterzüge selbst Teil der Geschichte sind. Wie Adern im Körper die Organe mit lebenserhaltenden Stoffen versorgen, so erhalten die stählernen Rollbahnen das Leben eines Volkes. Ein Güterzug, den Sophia alleine fuhr, ersetzte durchschnittlich die Arbeit von 50 großen Lastkraftwagen, die sich auf überfüllten Autobahnen entlang quälten und die Umwelt entsprechend belasteten. Bei aller Routine, war ihr schwerer Dienst sinnvoll und schön. Sechs Monate hatte sie bereits ohne nennenswerte Zwischenfälle die Arbeit in der Güterzugtraktion ausgeübt als eine denkwürdige Fahrt kam. Oder sollen wir lieber sagen eine schicksalhafte Fahrt?

Es war an einem Samstagabend im Herbst. Abweichend von ihrem Dienstplan hatte Sophia einen Güterzug von Kornwestheim nach München zu fahren. Sie meldete sich bei der Lokleitung zum Dienst und nahm dabei die Lok-Schlüssel entgegen. Nach dem Aufrüsten ihrer Lok, der Baureihe 150, fuhr sie im Rangierbahnhof auf ihren Zug. Sie drückte dabei, um besser kuppeln zu können, die Puffer leicht ein. Da kein Rangierer in der Nähe war, kuppelt sie persönlich ihre Lok an den Zug. Sie zog sich dazu ihren schwarzen Eisenbahner-Arbeitsmantel und die Handschuhe an, sorgfältig darauf bedacht ihren Zopf mit unter den Mantel zu bringen, denn die Pufferteller waren mit Schmierfett bestrichen und die Schraubenkupplung eingeölt. Dann schlüpfte sie unter die Puffer hindurch, nahm die schwere Kupplung des Güterwagens und hängte sie mit Schwung in den Zughacken der Lok. Sie nahm bewusst nicht die Lokkupplung. Wenn die

Kupplung riss, dann sollte sie vom Güterwagen reißen und nicht von ihrer Lok. Die seit über 100 Jahre verwendete Schraubenkupplung war auf 40 Tonnen Zugkraft ausgelegt. Ihre starke Lok konnte über 40 Tonnen ziehen. Mancher Kollege hatte schon mit dieser Lokbauart beim anfahren eine Zugtrennung herbeigeführt, oder gleich den Zug in mehrere Stück zerrissen. Dies geschah besonders dann wenn man ruckartig anfuhr. Nun nahm Sophie die Bremsluftschläuche in die Hand und schloss sie zusammen. Damit war der Kupplungsvorgang beendet. Im Gegensatz zum Verbinden von Personenwagen eine einfache Sache.

Sophia kroch nun wieder unter den Puffern hervor und schaute zum Ende ihres Zuges. Ziemlich lang! Um den hintersten Wagen richtig zu erkennen hätte sie ein Fernglas benötigt. Die drei ersten Wagen waren 4-achsige Tankwagen. Jeder enthielt 80.000 Liter Benzin. Sie warf einen Blick auf das Dach ihrer Lok. Der hinterste Bügel war oben. Das war die Normalstellung. Würde der vordere Bügel bei einem Fahrleitungsschaden zerstört, konnten die Trümmer auch den hinteren Stromabnehmer unbrauchbar machen. Deswegen nahm man, in Fahrtrichtung gesehen, immer den hinteren Bügel in Betrieb. In diesem Fall aber musste sie von dieser Regel abweichen. Der Funkenregen des Stromabnehmers würde auf den Benzintank fallen und evtl. einen Brand verursachen. Für Sophia war klar, sie würde heute mit den vorderen Bügel fahren.

Nachdem sie umgebügelt hatte, zog sie ihren schwarzen Mantel wieder aus und machte es sich auf dem Führerstand bequem. Die Fahrt nach München würde über 4

Stunden dauern. Die zulässige Höchstgeschwindigkeit betrug nur 80 km/h. Aus dem Schrank suchte sie den Buchfahrplan für die zu befahrende Strecke und schlug ihre Zugnummer auf. Die vorgeschriebenen Bremshundertstel betrugen 53%. Wenn ihr Zug diese Bremswirkung nicht zusammen brachte, musste sie die Geschwindigkeit reduzieren. Abgesehen von der Geislinger Steige konnte sie ansonsten mit 80 km/h bis nach München durchfahren, falls sie nicht beiseite gestellt würde, damit ein schnellerer Zug sie überholen konnte.

Nach einer Viertelstunde klopfte es an der Führerstandstür. Ein Wagenmeister grüßte und gab ihr das Zeichen zum Anlegen der Bremsen. Der Mann ging dann zum ersten Wagen und klopfte mit seinem Hammer gegen die Bremsklötze um festzustellen ob sie auch wirklich fest auf den Radreifen drückten. Dann gab er Sophia das Signal zum lösen der Bremsen. Auch dies prüfte er mit seinem Hammer. Dann gab er das Zeichen Bremsen in Ordnung. Dies war die vereinfachte Bremsprobe. Nach Zusammenstellung des Zuges war bereits eine volle Bremsprüfung mit einer ortsfesten Anlage durchgeführt worden. Hierbei hatte ein Wagenmeister von vorn bis hinten an jeder Achse geprüft ob die Bremsklötze anlegten und sich wieder lösen ließen. Dabei wurde auch der technische Zustande der Wagen einer Sichtkontrolle unterzogen und dabei festgestellt ob Untersuchungsfristen abgelaufen waren. Natürlich wurden auch die Wagenladungen in die Untersuchungen einbezogen. So wurde geschaut ob geladene Fahrzeuge richtig befestigt und Wagenplanen nicht zu lose verzurrt waren. Kurzum die Wagenmeister sind dafür verantwortlich, dass dem Lokführer ein technisch einwandfreier Zug übergeben wird. Mit der vereinfachten Bremsprobe stellte man lediglich fest ob auch das Führerbremsventil der Lok die Bremsen im Zug anspricht.

Nach einer Weile kam der Wagenmeister wieder ans Lokfenster und überreichte ihr den Bremszettel. Dann ging er zu einer Sprechsäule und meldete dem Stellwerk die Fahrbereitschaft des Zuges. Sophia sah auf den Bremszettel. Ihr Zug hatte 106 Achsen und war 1.300 Tonnen schwer. Die Bremshundertstel betrugen 65%. Das war nicht viel, aber es reichte um einen Bremsweg von 1.000 Meter einhalten zu können. Hier ist jetzt nicht die Zeit die Bedeutung der Bremshundertstel ausführlich zu erläutern. Doch soviel sei gesagt, die Güterwagen im Zugverband stammten aus unterschiedlichen europäischen Nationen. Die Bremswirkung sowie die Beladung von jedem Wagen war unterschiedlich. Einige Wagen hatten gar keine Bremse. Bei einem hatte der Wagenmeister die Bremse ausgeschaltet, weil sich die Bremse nicht lösen ließ. Bei der Bremsberechnung wurde das Bremsvermögen aller Wagen addiert und zum Zuggewicht ins Verhältnis gesetzt. Dieser Prozentsatz ist für den Lokführer entscheidend.

Der Buchfahrplan gibt an welches Verhältnis von Bremskraft und Gewicht der Zug haben muss um auf der betreffenden Strecke bei einer Vollbremsung auf 1.000 Meter zum Stillstand zu kommen. Nun, die Mindestbedingungen waren, wie schon erwähnt, für die bevorstehende Zugfahrt erreicht. Im Übrigen sei erwähnt, das Bremsen von langen Güterzügen erfordert viel Erfahrung. Das Anlegen der Bremsen erfolgt durch Druckabsenkung in der Bremsluftleitung. Bis bei einem 600 Meter langen Güterzug die Druckabsenkung am hintersten Wagen ankommt dauert es eine Weile. Ebenfalls bis der Druckstoß in der Bremsleitung die Bremsen wieder zum lösen bringt. Die Bremsen im Zug legen also zu unterschiedlichen Zeiten an. Damit es nicht zu starken Zugzerrungen oder gar Trennungen kommt sind die Bremsen in Güterzugstellung zudem verzögert eingestellt, so dass die Bremswirkung nur allmählich eintritt. Der Lokführer kann einen eingeleiteten Bremsvorgang nicht sogleich wieder korrigieren. Er muss abschätzen können mit welcher Betriebsbremsstufe er auf einer bestimmten Wegstrecke zum Halten kommt oder seine Geschwindigkeit auf das gewollte Maß reduziert hat. In der Luftfahrt lautet das Motto: Fliegen heißt landen. Im Güterzugdienst: Fahren heißt Bremsen.

Nach weiteren 5 Minuten gingen am Hauptsignal, das vor der Lok stand, beide Flügel hoch. Die Fahrt wurde freigegeben – aber langsam, den es ging erst einmal über Weichen. Sophia gab einen Warnpfiff ab. Schaltete den Fahrschalter auf Stufe drei um den Zug zu straffen, dann auf Stufe fünf und der Zug setzte sich langsam in Bewegung. Um den Zug zu beschleunigen schaltete sie nun Stufe um Stufe weiter hoch. Bei jeder Stufe wurde vom Lok-Trafo eine andere Stelle angezapft und die Fahrmotorenspannung um 50 Volt erhöht. Ihr Blick haftete dabei aufmerksam auf den sechs Zugkraftanzeigern. Keine Lokachse durfte mehr als 8 Tonnen Zugkraft aufbringen sonst bestand Schleudergefahr. Die Haftung zwischen Rad und Schiene würde dann überwunden und der Radreifen rutschte durch. Träte solch ein Fall ein, müsste sie den Schleuderschutz betätigen. Die dabei sich anlegenden Bremsklötze bändigen dann die durchgehende Achse. Bei schweren Anfahrten auf schlüpfrigen Schienen gibt es zur Erhöhung der Haftung auch eine Besandungseinrichtung.

Der Zug hatte nun 60 km/h erreicht. Sophia schaltet den Fahrschalter auf Null zurück, denn es ging ins Gefälle. Sie fuhr nun auf der Umgehungsstrecke von Stuttgart. Bald hatte sie die mächtige Brücke erreicht die das Neckartal überspannte. Als sie donnernd darüber fuhr, sah sie in der Abenddämmerung rechts unter sich das Kraftwerk Münster. Früher hatte dort auch ein Bahngenerator gestanden, aber das war schon lange her. Die Geschwindigkeit konnte sie mit der elektrischen Bremse halten. Ihre 6 Fahrmotoren bremsten dabei im Generatorbetrieb den gesamten Zug. In Untertürkheim wurde sie ohne Aufenthalt auf die Hauptrollbahn geführt. Diese ging erst einmal 4-gleisig nach Plochingen und von dort 2-gleisig bis nach München.

Auf der Hauptstrecke angekommen beschleunigte Sophia den Zug auf 80 km/h pro Stunde. Entspannt lehnte sie sich zurück. Nun kam der gemächliche Teil ihrer Reise. Ohne Geschwindigkeitsänderung und ohne Halt konnte sie nun in die vertraute Finsternis fahren. Ob sie ahnte was die Nacht diesmal für sie bereit hielt? Kurz vor Geislingen zeigten die Signale das ihr Zug beiseite gestellt wird. Sie bremste ihn auf 40 km/h herunter, fuhr auf ein Nebengleis und stand vor einem haltzeigenden Signal. Nichts Ungewöhnliches.

Als Güterzugfahrer muss man immer damit rechnen, dass der eigene Zug vom Hauptgleis heruntergeholt wird, damit schneller fahrende Fernzüge überholen können. Nahverkehrszügen und S-Bahnen kann man dagegen davon fahren. Sie sind zwar auch schneller aber sie müssen ständig halten. Sophia fuhr z. B. auf der Strecke Stuttgart Plochingen auf einem S-Bahn-Gleis. Währe eine S-Bahn vor ihr gewesen, sie hätte auf 60 km/h gedrosselt um nicht ständig ihren schweren Zug abbremsen und beschleunigen zu müssen. Nun fiel ihr Blick auf den Bremszettel und ihr wurde wieder bewusst, dass sie 1.300 Tonnen am Zughaken hatte. Vor ihr lag die Geislinger Steige, die so steil war wie die Sankt Gotthardbahn. Ihre starke Lok konnte allein maximal 1.100 Tonnen hinaufschleppen. Doch heute brauchte sie Schub. Deswegen also hatte man sie hier zum Halten gebracht. Sophia lief ein Schauder den Rücken hinunter. Dieses Unternehmen wusste alles. Als sie in Kornwestheim den Dienst antrat, hatte sie lediglich dem Stellwerk die Nummer des Zuges durchgegeben, auf dem sie mit ihrer Lok im Rangierbahnhof auffahren sollte. Dann hatten sich vor ihr, wie von Zauberhand, die Weichen und Signale gestellt und nun wusste man sogar, dass sie hier Hilfe brauchte. Sie hatte gar nicht mehr daran gedacht. Ohne dass sie jemand von ihrem Fahrtziel sagte, würde es so weiter gehen. Auf der Strecke und im großen Rangierbahnhof München würden sich ihr die Wege öffnen bis ihr Zug an der vorgesehenen Stelle stand. Dort würde schon ein Rangierer bereit stehen und ihre Lok abkoppeln. Vertrauensvoll würde sie weiter fahren und ihre Lok würde in einem Bahnbetriebswerk (Bw) landen. Dort konnte sie für ein paar Stunden schlafen und am hellen Sonntagmorgen würde sie mit ihrer Lok einen anderen Güterzug nach Kornwestheim zurückbringen. Was war das für ein ausgeklügelter Betrieb! Was für ein Organismus? Schon am Anfang ihrer Güterzuglaufbahn hatte sie tief beeindruckt darüber nachgesonnen. Manchmal hatte sie vor sich hingeflüstert: „Wer bist Du eigentlich? Wer bist Du Bahn?"

Sophia Fuhrmann schaltete ihr Handfunkgerät ein. Kurz danach meldete sich über Funk der Schublokführer. Sophia bestätigte den Empfang mit Angabe ihrer Zugnummer. In Geislingen standen immer 2 oder drei Lokomotiven bereit um schweren Zügen bei Tag und Nacht über den Albaufstieg zu helfen.

Der Schublokführer bat sie, verwundert darüber eine Frauenstimme zu hören, an der Zuglok die Bremse anzulegen. Er würde jetzt auf ihren Zug auffahren. Nach 5 Minuten schaltet das Hauptsignal auf grün. Sophia funkte dem Schublokführer, dass die Strecke frei sei und er jetzt aufdrücken solle. Sie löste die Lokbremse und als sie merkte, dass der Zug sich in Bewegung setzte, schaltet auch sie ihre Fahrmotoren ein. Mit 60 km/h fuhren sie nun die kurvenreiche Steigung hinauf. Es herrschte Vollmond. Die Sterne funkelten blas vom Himmel. Der fahle Mondenschein, der sich auf den silbernen Schienen widerspiegelte, tauchte die Fahrt in ein seltsam romantisches Licht. Links vom Schienenstrang erhoben sich finster und steil die bewaldeten Hänge. Rechts sah sie tief im Tal die Lichter von Häusern herauf grüßen. Sophia genoss die Stimmung obwohl sie immer wieder ihren Kollegen am Zugschwanz den Stand der Signale durchgeben musste. Er bestätige dann jedes Mal ihre Meldung. Es war aber nicht mit haltzeigenden Signalen zu rechen. Die Fahrdienstleiter hatten die Anweisung die gesamte Steige freizugeben. Nur im Notfall durften sie die Zugfahrt aufhalten. Eine Anfahrt mit einem schweren und langen Zug auf einer derartigen Steigung ist äußert problema-

tisch. Manchmal blieb nichts anderes übrig als zurückzu-
fahren um in der Ebene Schwung zu holen.

**Ein Güterzug in der Geislinger Steige. Die Lok der BR 150 war zum Zeitpunkt der
Aufnahme im Bw Kornwestheim beheimatet**

Nun hatten sie den Block Knoll erreicht. Hier war dem
Erbauer der Geislinger Steige, dem Baurat Knoll, ein
Denkmal mit Springbrunnen errichtet worden. Das Mond-
licht fiel voll darauf und hob es wundersam von seinem
dunklen felsigen Hintergrund ab. Dieses Denkmal war
auch gleichzeitig der Mittelpunkt der Strecke Paris-Wien,
die der Eurocity mit Namen Mozart befuhr. Sophia nickte
anerkennend mit dem Kopf. „Nicht schlecht", dachte sie,
„ein derartiges Denkmal an einem solchen Ort zu be-
kommen. Sie aber würde weiter übers Land fahren und
niemand würde ihr gedenken, geschweige denn ein
Denkmal setzen. Wenn es gut ging, würde einmal ein
Grabstein für kurze Zeit an ihr flüchtiges Erdendasein erinnern."

Ihr Zug hatte die Albhochfläche erreicht. Im Bahnhof Amstetten verabschiedete sich der ‚Schubkollege', nicht ohne ihr, mit aller Kraft seiner Lok, noch einen Schupps zu geben. Das war zwar nicht notwendig, den nun ging es mehr bergab als bergan, aber es war gut gemeint. Er zeigte damit seine Hilfsbereitschaft und dass er es gern getan hatte. Jetzt würde er wieder in die Tiefe fahren um auf den nächsten ‚Kunden' zu warten. Ja, diesen Menschen kannte sie nicht und würde ihn wohl auch nie in im Leben sehen. Dennoch hatte er ihr über ein Hindernis geholfen. Mit ihren Bordmitteln allein hätte sie es nicht geschafft. Wie sonderbar und tröstlich doch manches war.

Als sie nach Ulm hinabfuhr kam der Nebel. Erst in Fetzen, dann immer dichter. Die Signale standen auf Durchfahrt. Auch im Hauptbahnhof Ulm wurde sie nicht aufgehalten. Nur wenige Menschen standen gespensterhaft auf den Bahnsteigen. Als sie über die Donau fuhr wurde der Nebel undurchdringlich. Schließlich wurde auch der Mond, der ab und zu noch durchdrang, von den Nebelschwaden gänzlich verschlungen. Ihr Zug hatte jetzt Neu Ulm passiert. Nirgendwo sah sie mehr ein Licht. Sie glitt nun in eine graue, lichtlose und nahezu unwirkliche Welt dahin. Automatisch griff Sophias Hand zum Drehknopf für die Instrumentenbeleuchtung. Doch statt die Beleuchtung heller zu stellen, schaltete sie sie ab. Sie wusste selbst nicht warum sie das tat. Jetzt waren auch die Lichtpunkte im Führerraum erloschen. Das Schemenreich von draußen nahm Besitz vom Führerstand und führte Sophia in eine übersinnliche Welt. Als sie sich diesem transzendenten Reich öffnete verband sich Sophias Seele mit etwas, was sie als das Wesen der Bahn erfühlte.

Was sich im Einzelnen abspielte, als ihr Zug im Nebelfeld verschwand, werden wir wohl kaum genau erfahren, auch wenn es uns brennend interessiert. Es gibt Dinge zwischen Himmel und Erde die nur individual erlebt werden. Ein anderer kann es weder nachvollziehen noch begreifen. Selbst wenn er es könnte, so fehlten doch die Worte um ein derartiges metapsychisches Erleben unmissverständlich darzustellen. Als der Zug nach einer knappen Stunde aus der dichten Nebelsuppe herauskam, ging über Sophia ein klarer Sternenhimmel auf und in ihrem Gesicht stand ein beglücktes inniges Lächeln. Es war eine Veränderung mit ihr vorgegangen. Sie war nun nicht mehr eine Person die einen bezahlten Job bei der Deutschen Bundesbahn ausübte. Nun war sie selbst Teil des Unternehmens und Eisenbahnerin mit Fleisch und Blut geworden. Sie hatte sich mit der Bahn vermählt. Drei Wochen später wurde sie zur Oberlokführerin befördert.

Sechs Monate später heiratete sie zum 2. Mal. Dieses Mal einen Pfarrer. War ihr Leben bis jetzt zielstrebig und eindeutig verlaufen, so begann nun die Problematik des Dienstes von zwei Herren. In Wahrheit aber waren es zwei Unternehmen die sie beanspruchten – die Bahn und die Kirche. Doch war es nicht so, dass der Pfarrer ehebrecherisch in ihre Bahnehe eingriff. Bevor Sophia sich mit der Bahn verlobte und dann während ihrer Nebelfahrt vermählte, kannte sie bereits ihren zukünftigen Mann. Sie traf ihn in der Zeit, als sie im Personennahverkehr mit Dieselloks fuhr.

Damals hatte Sophia den Schusterzug zu fahren. Im Eisenbahnerjargon wurde er so genannt weil der Zug um 17:25 Uhr in Kornwestheim abfuhr um die Arbeiter von der großen Schuhfabrik Salamander aufzunehmen. Die Firma Salamander hatte ihre weitflächigen Anlagen direkt neben dem Bahnhof. Der Zug fuhr dann nach Ludwigsburg und von dort durchs Murrtal über Backnang bis nach Murrhardt um die ‚Schuster' nach und nach abzusetzen. Zwischen Burgstall und Backnang geschah es dann. In dem dortigen Waldgebiet befand sich ein Bahnübergang. Er war durch eine Anrufschranke gesichert. Als Sophia aus der Kurve kam, sah sie 100 Meter vor sich wie die Schranke sich öffnete und ein VW-Käfer auf die Schienen fuhr. Sophie betätigte wie wild die Lokpfeife und zog die Schnellbremse. Doch zu spät. Ihre Lok erwischte das Auto noch am hinteren Teil. 100 Meter nach dem Bahnübergang kam der Zug zu stehen.

Sophia stieg aus. An der Lok war kaum Schaden zu erkennen. Der VW stand in einem Winkel von 45° zur Schienenachse. In 20 Meter Entfernung vom Wagen lag die Stoßstange. Sie hatte sich anscheinend im Rangiertritt der Lok verhakt und war zum Glück abgerissen, sonst hätte sie das Auto mitgeschleift und die Sache wäre übler ausgegangen.

Das hatte ihr gerade noch gefehlt. Die Strecke war eingleisig und damit jetzt in beiden Richtungen blockiert. Außerdem hatte sie den Zug voller Leute die ihrer Feierabend-Beschäftigung nachgehen wollten. Mit Unwillen ging sie auf das Unfallauto zu. Es kletterte ein etwa 30-jähriger Mann mit lockigem Haar heraus – bleich und halb unter Schock stehend. Sichtlich auch darüber verdattert, dass ein junge Frau aus der Lok ausstieg und mit grimmiger Miene auf ihn zukam. Er stotterte davon, dass er an der geschlossenen Schranke über die Sprechanlage gebeten habe den Übergang freizumachen. Dann wäre die Schranke hochgegangen und er losgefahren. Im letzten Moment habe er den Zug gesehen und Gas gegeben, doch es habe nicht mehr gereicht.

Auf Sophia machte dieser Mann keinen unsympathischen Eindruck. Vielleicht war dies der Grund warum sie ihn so ungerechtfertigt heftig anfuhr: „Hören sie auf mit ihrem Gerede. Sie sollten lieber auf die Knie gehen und Gott danken, dass sie noch am Leben sind. Wäre ich um den Bruchteil einer Sekunde früher gekommen, meine Lok hätte ihr Auto voll in der Flanke erwischt, unter die Puffer genommen und mitgeschleift. Ihre fleischlichen Überreste hätte man dann in einen Plastiksack gestopft und irgendwo vergraben. Der Mann lehnte sich mit offnen Mund an sein Auto, unfähig auf diese Ermahnung etwas zu erwidern. Sophia dagegen hatte keine Ahnung, dass sie gerade einem Pfarrer eine Kurzpredigt gehalten hatte. Sophia sah nun ein, dass mit diesem Mann gegenwärtig nichts mehr anzufangen war. Sie öffnete die rechte Wagentür, schleppte die Stoßstange heran und wuchtete sie in das Auto. Dann gab sie der bleichen Gestalt ihre Visitenkarte, legte ihre Hand auf seine Schulter und redete gütig auf ihn ein, als ob sie ein Kind vor sich hätte: „Jetzt setzen sie sich in ihr Auto und machen den Bahnübergang frei. Ich habe einen Zug voller Leute die nach Hause wollen. Am nächsten Parkplatz legen sie Pause ein, mindestens eine Stunde lang. Versprechen sie mir das? Sie müssen sich von dem Ereignis erholen, bevor sie sich in den Feierabendverkehr stürzen. Ich werde die Unfallursache inzwischen klären. Wenn sie mich in den nächsten Tagen anrufen, kann ich ihnen mehr sagen." Der Lockenkopf tat brav was ihm geboten wurde und fuhr mit seinem Käfer von dannen.

Sophia ging zu ihrer Lok zurück. Ganz wohl war ihr bei der Sache nicht. Hier lag eindeutig Bahnverschulden vor. Jemand vom Stellwerk hatte die Schranke von der Ferne geöffnet und dabei vergessen, dass ihr Zug im anrollen war. Auch hätte sie die Bahnpolizei verständigen müssen. Doch das hätte Stunden gekostet, nicht nur ihren Passagieren, die neugierig und ungeduldig von geöffneten Zugfenstern ihr Handeln verfolgten, sondern auch den nachfolgenden Zügen in beiden Richtungen. Ja, sie war überzeugt im Sinne ihres Unternehmens gehandelt zu haben. Sieht man vom Gesetzesbuchstaben ab, so hatte sie in der Tat effektiv im Sinn aller Beteiligten gehandelt. Freilich hatte sie noch keine Ahnung was aus diesem Zusammentreffen am einsamen Bahnübergang erwuchs. Das Leben besteht aus Begegnungen, manche können dramatischer verlaufen als man sie am Anfang einschätzt.

Sophia fuhr Ihren Zug weiter nach Backnang und von dort nach Murrhardt, wobei sie an jedem Unterwegsbahnhof zu halten hatte. Im Bahnhof Murrhardt stieg sie aus und kaufte sich am Kiosk ein Eis um ihre Aufregung etwas abzukühlen. Kaum hatte sie das Eis in Händen sah sie, dass die Signale auf Fahrt gingen. Ach ja, sie hatte Verspätung, dadurch wurde ihre Aufenthaltszeit hier gekürzt. Nun hatte sie als Leerzug zurück nach Backnang zu rollen. Dort hatte sie einen längeren Aufenthalt, um dann planmäßig als Personenzug nach Ludwigsburg zu fahren. Schnell lief sie zum Steuerwagen und brachte den Zug zum Laufen. Unterwegs konnte sie sich endlich ihrem Eis widmen. Im Bahnhof Sulzbach streckte ihr der Bahnhofsvorsteher die Beschleunigungstafel entgegen. Sie quittierte mit einem Lokpfiff. Es war also ein Schnellzug hinter ihr. Sophia schaltete auf, doch ihre Lok war nur für 100 km/h zugelassen. Schneller durfte sie nicht fahren, wenn auch die Reisewagen weit höhere Geschwindigkeiten vertrugen.

Im Bahnhof Backnang fuhr sie auf Bahnsteig 1 ein. Dort ließ sie ihren Zug stehen und begab sich auf das nahe liegende Stellwerk. Als sie den Fahrdienstleiter auf den Vorfall zwischen Burgstall und Backnang ansprach, gab er kleinlaut zu, dass er die Anrufschranke geöffnet habe. Er habe vorher Rangierern mehre Fahrstraßen einstellen müssen. Dazwischen kam der Anruf von der betreffenden Schranke. Automatisch habe er sie geöffnet und dabei vergessen, dass er ihre Zugfahrt bereits freigegeben habe. Er bat Sophia inständig die Angelegenheit nicht zu melden. Er stehe vor einer Beförderung und wenn dieser Vorfall in seine Akten käme wäre es vorerst aus damit. Er habe 4 Kinder und dazu ein Haus abzuzahlen. Auf keinen Pfennig könne er verzichten. Sophia nickte verständnisvoll mit dem Kopf. Sie gab dann den Kollegen die Hand und sagte: „Ich versuche was ich kann um sie aus dieser Sache herauszuhalten."

Nach zwei Tagen kam der Anruf auf den sie gewartet hatte. Diesmal klang die Stimme angenehm und freundlich. Es war der Autofahrer vom Bahnübergang. Sophia war überrascht, dass er nicht gleich mit Schadensforderungen kam sondern sie in ein gemütliches Lokal einlud um die Angelegenheit zu besprechen. Da sie am vorgeschlagenen Termin einen Ruhetag hatte, sagte sie zu. Ihr Gegenüber entpuppte sich als ein zuvorkommender, freundlicher und höflicher Mensch. Kein Vergleich mehr zu der bleichen stotternden Gestalt am Bahnübergang, wo sie ihn mit den Lok-Puffern schier zerquetscht hätte. Der Mensch hieß Timmo Herrneck und war evangelischer Pfarrer. Er erzählte ihr aus seinem Leben und dass er zurzeit in einem Stuttgarter Krankenhaus als Seelsorger arbeite.

Sie unterhielten sich eine Zeitlang angeregt und Sophia fühlte sich immer wohler in Gegenwart ihres Konfrontations-Partners. Fast hätte sie den Anlass vergessen weswegen sie zusammen kamen. Doch Pfarrer Herrneck kam geschickt und zielstrebig darauf zu sprechen. Ernüchtert und etwas verlegen musste Sophia eingestehen, dass die Bahn in der Angelegenheit die Hauptschuld trage. Die Schranke hätte in der Situation damals nicht geöffnet werden dürfen. Das Peinliche an der Situation war, dass sie selbst nicht wusste, wie sie die Sache im Nachhinein regeln konnte. Sie war darin unerfahren. Noch nie hatte sie Derartiges erlebt. Um Zeit zu gewinnen sagte sie zu Herrneck: „Damit der Schaden an ihrem Kraftfahrzeug beglichen werden kann, muss erst die Reparatur-Rechnung vorliegen." „OK", sagte er, „beim nächsten Treffen bringe ich sie mit. Die Kosten belaufen sich auf cirka 600 DM." „Beim nächsten Treffen?" dachte Sophia, „du meine Zeit, der will sich nochmals mit mir Verabreden." Ganz ungelegen kam ihr dieser Wunsch aber nicht. Sie gewann dadurch Zeit und konnte sich die ganze Sache nochmals durch den Kopf gehen lassen. Wenn sie sich es auch nicht eingestehen wollte, es regte sich auch noch etwas anderes in ihr, was sie zustimmen ließ. Sie zog ihren Dienstplan heraus um nach einen freien Termin zu suchen. Und dann legten sie die nächste Zusammenkunft fest.

Inzwischen überlegte sich Sophia wie die Unfallfolgen zu managen zu seien. Timmo Herrneck könnte die Rechnung mit ihrem Unfallbericht an die Rechtsabteilung der

Bundesbahndirektion senden. Dort würde man höchst-
wahrscheinlich den Schaden begleichen. Hierin hätte unsere Lokführerin sicher recht gehabt. Die Juristen der
Bahn hätten sich gescheut einen Prozess zu führen, der
ein eindeutiges Bahnversagen in die Öffentlichkeit gebracht hätte. Man hätte allerdings die Richtigkeit der An-
gaben überprüft und ohne Zweifel den Schuldigen, den
Fahrdienstleiter vom Stellwerk Backnang, festgestellt.
Doch das wollte Sophia nicht. Sie dachte an den geknick-
ten Mann mit den 4 Kindern. Nun saß sie in der Klemme.
Schließlich rang sie sich dazu hindurch, den Schaden
selbst zu bezahlen. Sie verdiente zwar nicht viel, aber
durch das zusätzliche Fahrgeld und die Wechseldienst-
zulage hatte sie einiges zusammengespart.

Beim nächsten Treffen sprach sie offen mit ihrem Ge-
sprächspartner über ihre Lage. Er nickte verständnisvoll
mit dem Kopf und sagte er wolle ihr entgegenkommen.
Sie brauche nichts zu bezahlen und er würde auch die
Reparaturrechnung von seinem Auto nicht an die Bahn
senden. Er hätte nur eine Bitte an sie. Wenn sie die ihm
gewähren würde, dann wäre die Angelegenheit am
Bahnübergang vergessen. „Und wie lautet ihr Wunsch?",
fragte Sophia neugierig. „Ich bitte um ihre Hand", sagte
Herrneck mit rotem Kopf und verschämten Lächeln. Sophia starrte ihn ungläubig an. Welche unverschämte Er-
pressung dachte sie, stand auf, nahm das Weinglas und
schüttete den Inhalt ihrem Freier ins Gesicht. Dann dreh-
te sie sich auf den Absatz herum und verließ das Lokal.

Sophia atmete tief durch. Das wollte ein Pfarrer sein, der
die Notsituation eines Menschen erpresserisch für sich
ausnutzte. Mit diesem Pack wollte sie nichts mehr zu tun
haben. Sie würde aus der Kirche austreten. Von der kal-

ten Nachtluft ernüchtert sagte sie sich jedoch auch, dass dieser Zwischenfall auch sein Gutes habe. Dieser Mann würde sich schämen nochmals an sie heranzutreten. Und damit würde die Bahnübergangs-Angelegenheit für immer erledigt sein. Doch hierin irrte sie sich.

Als sie nach 2 Tagen vom Dienst heimkam war in ihrem Briefkasten ein Schreiben von Timmo Herrneck. Sie riss sofort den Umschlag auf und las:

Liebe Lokführerin und geliebte Sophia,

ich entschuldige mich zutiefst für mein Handeln bei unserer letzten Zusammenkunft. Außerordentlich bedauere ich mein taktloses Vorgehen. Meine große Zuneigung zu Ihnen ließ mich alle Konventionen des Anstandes und der Höflichkeit vergessen.

Sie haben recht getan indem Sie mich ernüchterten und auf den Boden der Realität zurückholten. Doch ich kann damit nicht leben, dass sie mir den Rücken kehren. Ich liebe Sie! Seit Sie am Bahnübergang mir die Hand auf die Schulter legten muss ich ständig an sie denken. Was Sie auch immer jetzt von mir jetzt halten, ich werde Sie niemals mehr vergessen und weder Gegenwärtiges noch Zukünftiges wird meine Liebe zu Ihnen mindern können.

Ihr Timmo Herrneck

Sophia zerknüllte den Liebesbrief und warf ihn in den Papierkorb. Doch bereits nach einer Stunde holte sie ihn wieder heraus und glättete ihn sorgfältig wobei sie ihn nochmals las. Dann legte sie ihn nachdenklich in ihre Briefmappe. Am kommenden Montag klingelte es, und

vor der Tür stand Timmo Herrneck mit einem Blumen-
strauß in der Hand. Woher er wusste, dass sie gerade an
diesem Tag dienstfrei hatte bleibt sein Geheimnis. Liebe
macht erfinderisch und scheut keine Mühe. Sophia ließ
ihn herein. Nach drei Stunden verließ ein überglücklicher
Pfarrer das Haus.

So fing es an. Nach zwei Jahren heirateten die Beiden.
Ihre Ehe lief am Anfang gut. Er konnte als Krankenhaus-
Seelsorger seine Arbeitszeit einteilen und auch am Wo-
chenende arbeiten um dann am Montag mit seiner Frau
einen freien Tag zu teilen. Im Güterzugdienst ist montags
meistens nichts los. Die verladende Industrie muss an
diesem Tag erst die Güter auf die Wagons laden. So
dass die meisten Güterzuglokführer an diesem Tag frei
haben. Erst am Abend beginnt der Güterzugverkehr richtig. Timmo liebte seine Frau innig. Er gab sogar seinen
Namen dran um den Namen seiner Frau zu übernehmen.
Was schon etwas heißen will. Sie wollte verständlicher-
weise den Namen ‚Fuhrmann' behalten. Auch sie liebte
ihren Mann. Sie hatte in kurzer Zeitfolge zwei Kinder be-
kommen und sie nicht mit weggedrehtem Gesicht emp-
fangen.

Dann wurde Timmo Gemeindepfarrer. Sein Aufgaben-
kreis wuchs damit beachtlich. In die Gemeindearbeit wollte der Pfarrer gern seine Frau mit einbinden. Seine Einstellung war althergebracht und traditionell. Eine Pfarrfrau, so meinte er, sollte sich bei vielen Veranstaltungen
beteiligen, wie z. B. Bazar, oder sich um Bewirtung bei
Gemeindefesten und Kirchenveranstaltungen kümmern
und sich auch bei den verschiedenen Frauenkreisen ein-
bringen. Sie sollte nach seiner Ansicht so etwas wie das
Herz der Gemeinde sein. Das Herz von Sophia schlug

aber für die Bahn und nicht für die Kirche. Sie wollte kein Gemeindetrottel werden. Dieses Wort gebrauchte sie und verletzte damit ihren Mann tief. Der Gerechtigkeit halber sei auch erwähnt, dass auch der Herr Pfarrer die Bedürfnisse der Kirche über das Wohl seiner Ehe und Familie stellte. Selbst mitten in einer Geburtstagsfeier konnte er sich durch Anruf eines Gemeindegliedes zu einem Hausbesuch verleiten lassen, und selbst wenn es mitten in der Nacht war. Er hatte das Helfersyndrom. Sophia bezeichnete es manchmal, in gemeiner Weise, wie man zugeben muss, als Egotrip besonderer Art. Die Schwierigkeiten die sich nun in ihrer Ehe ergaben waren letztlich nicht, wie leicht zu erkennen, durch gestörte Beziehungen verursacht. Zwei Unternehmungen waren es, die Kirche und die Bahn, die ihren ganzheitlichen Anspruch erhoben und die Ehe in die Krise führten. Würde es so weiter gehen bestand die Gefahr, dass ihre Lebensgemeinschaft von den beiden Riesen zerrissen wurde.

Der ICE 575 hatte Biblis passiert. Sophia schüttelte sich um ihre Gedanken los zu werden. Die Fahrt war bis jetzt problemlos verlaufen. Sie hatte grüne Welle und bald würde sie Mannheim erreichen. Nein, auf ihr Lokführerdasein würde sie nicht verzichten. Zu sehr war sie mit dem Bahnbetrieb verbunden, es war ein Stück ihres Lebens geworden. Gewiss, sie hatte ihren Mann und die Kinder gern. Aber die Kirche? Diese Institution war ihr fremd. Was hatte dieses abgestandene Überbleibsel aus vergangener Zeit mit ihrem Leben zu tun? Ja, die Bahn war Leben und erhielt Leben. Sie verkörperte Sehnsucht und Fernweh des Menschen und bot eine Fülle von Erleben die den Reiz des Daseins ausmachten. Die Kirche aber war ein totes Museumsstück, das eine verstaubte überlebte Vergangenheit darstellte und allenfalls zur Ritualisierung des Menschlebens noch taugte.

Ein besonderes Highlight ihrer Güterzug-Lokführerlaufbahn war das fahren eines der Fischzüge von Bremerhaven nach Stuttgart, direkt bis zum Großmarkt. So ein Schnellgüterzug, der meistens nicht mehr als 30 Achsen hatte, war laufwegüberwacht und hatte Vorrang vor allen anderen Zügen. Gezogen wurde er meistens von einer vierachsigen Lok der Baureihe 140. Man konnte bei diesem Zug auf eine durchgehende Fahrt hoffen. Sophia erinnerte sich jetzt an eine besonders eindrückliche Fahrt. Es war bereits etliche Jahre nach ihrer Heirat mit Timmo, dass sie unterm sternklaren Himmel mit dem Kühlzug Fische von der Nordsee nach Stuttgart brachte. Während ein Stern nach dem anderen über dem dunklen Land aufging, stellte Sophia die Sitzlehne nach hinten und lehnte sich zurück. Sie ließ die Arme herunterbaumeln und gab der Lok die Zügel frei. Wäre die Sifa nicht gewesen so würde der Zug auch alleine nach Stuttgart rollen. So aber musste sie alle Minute mit dem Fuß die Sifa-Taste betätigen. Wenn sie bei ihren Gedanken die Gegenwart vergaß oder gar ins Land der Träume abdriftete, so würde die Sifa mit einem Hupton fragen: „Lokführerin bist Du noch da?" Wenn sie dann nicht mit einem Tastendruck antwortete würde die Sicherheitsfahrschaltung selbstständig den Zug zum Halten bringen und Sophia müsste eine Weile warten bis sie die Bremsen wieder lösen könnte.

Als sie nun, den Blick mehr nach oben als nach unten gerichtet, unter dem nächtlichen Himmel dahinfuhr, fielen mit jedem Streckenkilometer der Alltag mit seinen Sorgen und nichtigen Problemen allmählich von ihr ab. All das unbestimmbar Belastende und Verdrießliche löste sich von ihrer Seele, sie wurde wieder frei und offen für die Eindrücke der Nacht mit ihren Blick in den unermesslichen Kosmos. Nur im Unterbewusstsein lauerten noch die schweren Sorgen.

Während der massive Lokkasten sich sanft auf der silbernen Rollbahn wiegte, und von Stunde zu Stunde ein Sternbild nach dem anderen am Nachthimmel emporstieg, fühlte sich Sophia wieder mit der Bahn im tiefsten verbunden.

Zweifellos, ihr Beruf hatte seine starken Freuden. Während der Autofahrer an der Landschaft vorbeifährt und der Pilot darüber fliegt, so rollt sie mitten hindurch. Die silbernen Rollbahnen, die Stadt mit Stadt und Land mit Land verbinden, führten sie durch die Blüte des Frühjahrs, durch die Glut des Sommers, den Nebel des Herbstes und den Frost des Winters – und dies bei Tag und Nacht. Ein Lokführer erfährt das pulsierende Leben eines Landes, und überrascht sein Werden und Vergehen in seinem Ursprung und Geheimnis. - Und die Nacht offenbart ihm mit ihren dunklen vielfältigen geheimnisvollen Schatten die Mystik und Vergänglichkeit von allen Sichtbaren. Welche Beamtenseele oder welcher Spießbürger, der sich eingeschlossen hat in den erstickenden Gebräuchen seiner Wohlstandsgesellschaft, hat je etwas von dieser Welt erahnt oder gar erfahren?

Doch der Lokführerberuf hat auch seine elenden Seiten, derentwegen ihn Sophia teilweise ebenfalls lieb gewann. Dieses unzeitige Wecken, diese ständige Fahrten in der Nacht, die lärmenden Tagesruhen in armseligen Bahnhofunterkünften … sowie die unerwarteten Störungen und Unfälle. Bei 1.000 Selbstmördern, die sich Jahr für Jahr unter den Zug legen, ist kaum ein älterer Kollege der nicht schon einen oder mehrere Menschen überfahren hat. Viele unserer verzweifelten Menschenbrüder, von denen man nie mehr etwas erfahren hat, sind unter den rollenden Stahlmassen im Tode versunken wie unter einer Lawine.

Etliche Lokführer haben dies seelisch nicht verkraftet und mussten vorzeitig den Dienst quittieren. Wir erinnern uns, Sophia kam in den Güterzugdienst weil zwei ältere Kollegen vom Lokdienst genommen wurden. Der Grund war das ungewollte überfahren von Menschen. Manchmal sieht man, 100 oder 200 Meter vor sich, jemand auf der Schiene liegen oder im Gleis stehen. Aber man kann nicht ausweichen. Man betätigt die Lok-Pfeife und zieht die Schnellbremse – doch bei einem Bremsweg von fast 1.000 Meter, sieht man eine Ewigkeit lang das Opfer auf sich zukommen – bis man es überfahren hat. Endlich kommt der Zug zum halten. Mit zitternden Knien steigt man von der Lok um sich das Unglück anzusehen. Ein Anblick den man nie mehr vergessen kann.

Die Bahn hat extra einen psychologischen Dienst für die Betroffenen eingerichtet. Der hilft den Lokführern nach dem Ereignis etwas. Sophia fuhr einmal um Streckenkenntnis zu erlangen mit einem älteren erfahrenen Lokführer auf dem Führerstand mit. Er hatte zu diesem Zeitpunkt bereits sieben Personen überfahren. Und Sophia hatte den Eindruck, dass er es gut weggesteckt habe. Doch als er den achten Menschen überfuhr war es, trotz psychologischem Dienst, auch bei ihm aus. Ihm wurde eine andere Tätigkeit übertragen. Die Güterzuglokführer sind vom Suizid am meisten betroffen, weil sie vorwiegend nachts fahren und die Selbstmordkandidaten die Dunkelheit vorziehen.

Auch Sophia hatte bereits einen derartigen Fall hinter sich. Sie hatte einen Güterzug von Stuttgart nach Würzburg gefahren. In den Morgenstunden, es war kurz vor dem Bahnhof Lauda, sprang jemand hinter einem Gebüsch vor die Lok. Der Zug hatte zu dem Zeitpunkt nur einen Geschwindigkeit von 50 km/h. Nach 300 Metern brachte ihn Sophia zum halten. Sie stieg aus und lief zurück. Schon von weitem sah sie die Beine einer etwa 40-jährigen Frau auf der Böschung liegen. Sie lag unter dem letzten drittel des Zuges. Sophia sah, dass die Frau fachmännisch gehandelt hatte. Sie hatte sich flach über die Schiene gelegt. Manche stellen sich ins Gleis und werden herausgeschleudert und überleben dabei oft, wenn auch mit schweren Verletzungen. Über diese Frau aber waren 70 Räder gerollt. Die meisten mit einer Radlast von 10 Tonnen. Die stählernen Spurkränze hatten dabei den Körper in zwei Teile getrennt. Da war nichts mehr zu machen.

Sophia ging nicht näher heran. Ein Lehrlokführer bei dem sie ihre Lokausbildung erhielt, hatte ihr eingeschärft: Nie genau hinschauen! Sie hatte selbst von Kollegen gehört die hingeschaut hatten. Sie konnten danach ihren Dienst nicht mehr versehen und mussten abgelöst werden. Sophia ging stattdessen zum Einfahrsignal des Bahnhofes und unterrichtete das Stellwerk von dem Vorfall. Zubahnfunk hat es damals noch nicht gegeben. Zusätzlich zu dem Rettungsdienst kam noch ein Priester an die Unfallstelle. Sophia sah vom Lokfenster aus wie er nur mit dem Kopf schüttelte. Anscheinend stand auch er dieser Situation hilflos gegenüber. Nach einer Stunde durfte Sophia weiter fahren.

Sophias Blick hing an den Sternen als sie an diesem Aspekt ihres Berufes dachte. Sie funkelten in jener Nacht des denkwürdigen Fischtransportes besonders hell. Was mag diese Menschen getrieben haben ihr irdisches Leben so zu beenden. War es Krankheit, Existenzsorgen, Auseinandersetzungen oder unbewältigte Schuld? Wer kann schon in die Verworrenheit und Verzweiflung eines Selbstmörders schauen? **Per aspera ad astra**. Auf rauen Wegen zu den Sternen, ging es Sophia durch den Sinn. In einem stimmte Sophia dem Ausspruch zu. Der Menschenweg ist oft ein rauer und mit Ehe und Familie fängt seine Problematik so richtig an. Kein Stand bleibt vom Unglück verschont. Manches Mal hatte sie vor Dienstbeginn den betrieblichen Lagebericht über Telefon abgehört und die neuesten Freitodfälle mitbekommen. Da fährt z. B. ein Eilzug in den Bahnhof Nürtingen ein. Eine junge Frau mit einem kleinen Kind auf den Arm tritt ins Gleis und lässt sich von der Lok überrollen. Am anderen Morgen findet man auf der gleichen Strecke eine Leiche neben den Gleisen. Es ist der Ortspfarrer von Plochingen. Oder, im Hauptbahnhof Ulm warten die Reisenden auf den ICE aus München. Er steht draußen vor den Einfahrweichen. Ein Bahnarzt hat sich darunter geworfen. Keine Berufsgruppe ist vor der letzten Verzweiflungstat gefeit.

So eine stundenlange einsame und gleichförmige Nachtfahrt, bei der man weder gefordert noch abgelenkt wird, lässt nach dem Sinn des Ganzen fragen. Rau ist das Schotterbett über welches der Zug rollt und rau sind der Menschen Wege. Aber zu was dient das alles? Niemals gibt es ein Happy-End. Immer endet alles in Krankheit, Alter, Not und Tod, sinnierte Sophia. Was mögen die alten Lateiner gemeint haben mit den Sternen, zu denen es auf rauen Wegen geht? Gehen die Toten nach ihren herben irdischen Leben zu den Sternen? Sterne sind Sonnen mit hellen und heißen Strahlen. Wird man einmal in ein durchdringendes Licht gestellt in dem alles Vergängliche verbrennt? Oder hat Schiller recht mit seiner Aussage: Überm Sternenzelt muss ein lieber Vater wohnen?

Ihr Mann, der Pfarrer, sagte einmal, dass es in kommenden Zeiten einen neuen Sternenhimmel geben wird. Eine neue Schöpfung mit einer neuen Erde und dass in diesem neuen Kosmos die Menschen Genesung finden und ihre Tränen getrocknet werden. Das wäre auch dringend notwendig folgerte Sophia, den die Erde entlässt den Menschen in der Regel in einem elenden Zustand. Eine Sanatoriums-Welt, in dem der kranke und manchmal sogar traumatisierte Mensch zu einem gesunden und guten Wesen wird, müsste es geben, wenn überhaupt jemals die Menschheitsgeschichte vernünftig enden soll. Und wenn es bei ihr so weiter ging mit dem zwiespältigen Leben zwischen Kirche und Bahn, so würde sie auch bald einen Sanatoriumsaufenthalt bei den Sternen brauchen. Doch die silberne Rollbahn auf der sie jetzt dahin glitt wies nach Stuttgart und nicht zu den leuchtenden Sternen. Aber gerade dies gab doch ihrem Leben Sinn.

Sie brachte nicht nur Fische in ihre Region. Sie fuhr im Herbst lange Zuckerrüben-Züge zu den Zuckerfabriken. Sie transportierte Langholz und lieferte Kohlen zu den Kraftwerken. Tankzüge mit Benzin und Öl zog sie zu den Verteilzentren. Kurzum sie schleppte alles herbei was die

Menschen zu ihrer Existenz brauchten. Und sie fuhr auch vieles wieder fort, was im Land produziert wurde. So beförderte sie Maschinen und Kraftfahrzeuge in Richtung Nordsee, wo sie in alle Welt verschifft wurden.

Nach über sechs Stunden störungsfreier Nachtfahrt hatte Sophia mit ihrem Fischzug Stuttgart erreicht. Und während sie in den Stuttgarter Talkessel einfuhr ging über dem dunklen Land die Sonne auf und begrüßte die Heimkehrerin mit ihren morgendlichen Strahlen. Vom Trip unter den Sternen ging es zurück in den Alltag.

Als sie ihre Lok verlies und in das beginnende geschäftige Treiben der Großstadt eintauchte, fühlte sie sich wie in eine andere Welt versetzt. Die Leute gingen zur Arbeit. Sie aber kam von ihrem Traktionswerk unter den Sternen. In der Nacht hatte sie eine Spur für die Menschen gezogen. Erkannte das Volk sie nicht? Sie war doch die Königin die in ihrer Huld ihnen Fische gebracht hatte. Fische für eine ganze Woche! Zu Hause jedoch empfing sie Kindergeschrei. Ihr Mann begrüßte sie zwar freundlich, doch entging Sophia sein vorwurfsvoller Blick nicht. Er schien er zu fragen: Warum bist Du in der Nacht fremdgegangen?

Was war nun richtig? Was war das Wichtigste oder Wesentliche in ihrem Leben? War es die Bahn oder die drei ‚K': Kirche, Kinder, Küche? Sophia war an diesem Morgen unschlüssig und suchte lange nach einer Antwort. Letztlich war alles wichtig und sie konnte in beiden nicht vorrangiges erkennen. Das Wesentliche müsste eigentlich der Gesichtspunkt sein zu dem alles hinführte. Kirche oder Bahn konnte nur ein Weg zur Bestimmung sein. Und die absolute Wirklichkeit, die die Heimat des Menschen vielleicht ausmachte, musste bei oder über den Sternen liegen. Wie immer diese Wirklichkeit auch aussehen mochte.

Diese Folgerung muss nach all dem, was wir von Sophia wissen wunderlich anmuten. Begann bei der philosophischen Betrachtung unter sternklaren Himmel bei ihr ein Gesinnungswandel? Eigentlich hätte sie eine andere Antwort geben müssen: Ihre Tätigkeit bei der Bahn ist das Wesentliche. Da übte sie die Funktion eines zwar kleinen aber doch wichtigen Zahnrades im Getriebe der Welt aus. Die Kirche dagegen ist unbedeutend. Nun aber stellte sie auf einmal ihren Lokführerberuf gleichwertig neben den drei **K**'s. Ihre letzte Bestimmung aber suchte sie woanders, im außerirdischen Raum, in etwas Unbekannten und noch nicht Erreichten.

Sophia wurde plötzlich hellwach. Eine Änderung im Signalbild hatte sie aufgeschreckt und den vorüberrauschenden Lebensfilm abreisen lassen. Die Sterne waren schlagartig aus der Erinnerung verdrängt. Vor ihr zeigte ein Vorsignal ein gelbes und grünes Licht. Das bedeutete das Einfahrsignal vom Bahnhof Mannheim ist zwar frei aber nur für langsame Fahrt, denn es geht über Weichen. Während der Vorbeifahrt an dem Vorsignal drückte Sophia die Wachsamkeitstaste. Hätte sie das nicht getan, so hätte die Induktive Zugsicherung den ICE mit einer Zwangsbremsung zum Stillstand gebracht. Die Bahntechnik kontrolliert den Lokführer. Nicht nur, das sie durch die Sifa ständig überprüft ob der Lokführer eingeschlafen oder Tod ist, sie überwacht auch unbestechlich seine Aufmerksamkeit. Sophia reduzierte mit der elektrischen Bremse die Geschwindigkeit von 140 auf 80 km/h. Normalerweise darf man über Weichen nur mit einer Geschwindigkeit von 40 km/h fahren. Hier aber waren Langbogen-Weichen eingebaut, die eine höhere Geschwindigkeit erlaubten. Am Einfahrsignal war das Vorsignal für das Ausfahrsignal befestigt. Es zeigte auf Halt erwarten.

Mit abgeschalteten Motoren und einer Geschwindigkeit von 80 km/h rollte der Zug zum Anfang der Bahnsteige. Durch Betätigung des Führerbremsventiles senkte Sophia den Druck in der durchgehenden Bremsluftleitung um 0,7 bar. Mit dieser Betriebsbremsstufe kam der Zugkopf am Ende des Bahnsteiges zum stehen. Ein ICE lässt sich fast so gut wie ein Auto bremsen. Die Bremsen wirken schnell und man kann die Bremskraft während des Bremsvorganges je nach Bedarf verstärken oder reduzieren. Kein Vergleich mit den Bremsen eines langen Güterzuges. Doch Sophia, als ehemalige Güterzuglokführerin, brauchte nicht zu regulieren. Sie stellte die Bremsstufe ein und konnte dann die Hände in den Schoß legen. Sie verstand es meisterlich Zielbremsungen durchzuführen. Ohne auf den Geschwindigkeitsmesser zu schauen fasste sie den Zielpunkt ins Auge, wählte die Bremskraft und der Zug kam auf einen Meter genau am anvisierten Punkt zum stehen.

Im Bahnhof ging der ‚Fleischumschlag' – pardon, das Ein- und Aussteigen zügig von statten. Als Sophia aus dem Bahnhof fuhr hatte sie nur noch 9 Minuten Verspätung. Vor ihr lag nun die Schnellfahrtrasse nach Stuttgart. Sophia war zuversichtlich, dass sie die Verspätung nun aufholen konnte. Die Regel-Geschwindigkeit auf dieser Neubaustrecke betrug 250 km/h. Um Verspätungen auszugleichen durfte man jedoch 280 km/h fahren. Sophia war entschlossen diesen Spielraum zu nutzen. Kaum war der Zug auf die Schnelltrasse eingefahren beschleunigte Sophia ihren ICE. Während der langen Beschleunigungs-Phase holte die Vergangenheit sie jedoch wieder ein.

Anfang der achtziger Jahre waren die ersten Ausbau- und Neubaustrecken erstellt. Diese Strecken wurden anfangs noch mit lokbespannten IC-Zügen, mit einer Geschwindigkeit bis zu 200 km/h befahren. Dann wurden von der Industrie schnelle ICE-Triebzüge entwickelt. Die Bahn wollte mit ihnen eine ganz neue Zuggattung einführen und dadurch den Schienenverkehr beleben. Für diese Züge suchte die Bahn damals geeignete Lokführer um sie auf den modernen Zügen auszubilden. Hierbei fasste sie bewusst auch jüngere Leute ins Visier, die noch beweglich, lernfähig und reaktionsschnell waren.

Sophia war zu dieser Zeit noch im schweren Güterzugdienst als Lokführerin tätig. Als sie von der neuen Möglichkeit hörte meldete sich zur ICE-Ausbildung und wurde umgehend angenommen. Auch diesmal war sie die einzige Frau in der Ausbildungsgruppe. Die Ausbildung erfolgte im praktischen Teil nun etwas anders als sie es gewohnt war. Die Fahrübungen erfolgten in Fulda auf einen Simulator. Sophia fühlte sich dabei fast wie bei einer Pilotenausbildung. Der Fahrsimulator bestand aus einem echten Triebkopf der auf Gelenkstelzen stand und den Ausbildling bei seinen virtuellen Fahrten sanft hin- und herschaukelte. Zum einschlafen kam er jedoch nicht. Vor dem Triebwagenfenster wurden die Strecken eingespielt die er zu durchfahren hatte, mit allen Signalen und Einrichtungen, wie in der Wirklichkeit. Dazu konnte das Wetter eingestellt werden. Regen, Schnee, Nacht und Nebel, hatte der angehende ICE-Lokführer in jeder Intensität zu durchfahren. Dann konnte man Baustellen mit Fahrten auf falschem Gleis einprogrammieren. Und das schwierigste: technische Störungen auf der Lok selber. Ausfall der elektrischen Bremse, der Indusi, der Sifa, des Zugbahnfunkes oder eines kompletten Triebkopfes. In allen Fällen wurde getestet ob sich der Lokführer richtig verhielt. Den Ausbildern waren durch die Elektronik Tür und Tor geöffnet für Schikanen aller Art. Mancher Schüler war nach verlassen des Simulators fix und fertig und musste erst einmal in sein Hotel geschickt werden um von den Strapazen sich wieder zu erholen.

Bisher war es bei der Bahn üblich, dass man auf planmäßigen Personen- oder Güterzügen seine Übungen machte. Auch die praktische Lokführerprüfung wurde oft auf einen mit Personen besetzten Zug durchgeführt. Wenn manche Passagiere gewusst hätten, dass eine Fahrschule sie ans Ziel brachte! Natürlich konnte man bei dieser Art von Ausbildung keine großartigen Störungen und Komplikationen einbauen, die dann zu Verspätungen und Durcheinanderbringung der Fahrpläne geführt hätten. Den Prüflingen blieben dadurch allzu große Bosheiten der Prüfer erspart. Beim Simulator aber war es anders. Hier war alles möglich. Doch Sophia hatte damit keine Probleme. Ihr machte diese Ausbildung Freude. Die Ausbilder hatten am Ende des Lehrganges bescheinigt, dass ihre Ausbildungsgruppe die besten Ergebnisse erzielte. Dies führten sie auf Sophia zurück. Die männlichen Kollegen wollten einer jungen Frau nicht nachstehen und gaben das Letzte um sie einzuholen. So hat Sophia, ihre männlichen Kollegen im Schlepptau, den damaligen Ausbildungsgang zum Erfolg gezogen.

Nach der erfolgreichen ICE-Ausbildung wurde Sophia ins Bahnbetriebswerk Stuttgart-Rosenstein versetzt. Ihre hauptsächliche Aufgabe bestand nun darin ICE-Züge zwischen Frankfurt und München zu fahren. Ein Tagewerk bestand z. B. darin einen ICE-Zug nach München zu fahren und nach einer Pause einen anderen wieder zurück. Oder einen nach Frankfurt zu führen und dann umzusteigen in einen der nach Stuttgart ging. So wie sie es vor einer Stunde getan hatte. Heute Morgen hatte sie einen Zug, der nach Berlin weiter ging, bis nach Frankfurt gefahren. Dort löste sie ein Kollege ab. Sie dagegen übernahm den ICE 575 der von Hamburg nach Stuttgart fuhr. Normalerweise fuhren die aus Hamburg kommenden Züge weiter bis nach München. Doch der Zug denn sie gerade fuhr endete in Stuttgart. Vom Hauptbahnhof musste sie ihn noch in den Abstellbahnhof fahren. Dort würde er gereinigt, seine Toiletten entsorgt und die Behälter frisch mit Wasser befüllt.

Vorbei war nun die Zeit, wo sie als ungekrönte Königin der Nacht einsam durch ein geheimnisvolles Zauberreich fuhr, auf einer Kutsche mit 6.000 feurigen Pferden bespannt. Hinter ihr ein Tross von 50 Wagen, schwer beladen mit Schätzen für ihre Untertanen. Die Traumvorstellungen wichen nun der Schnelligkeit und der Nüchternheit des Fahrplanes, der unter allen Umständen einzuhalten war. Sie fuhr zwar manchmal noch in die Nacht hinein oder heraus. Durchgehende Nachtfahrten kamen aber nur noch selten vor. Dazu war sie nie allein im Zug. Wahrscheinlich war dies gut so. Durch die nächtlichen Güterzug-Fahrten, bei dem sie kaum einen Menschen sah, entfaltet sich ihre Fantasie zu ungehindert an den mannigfaltigen Schattengebilden die sich vor ihr auftaten. Dieser besorgniserregende Hang wurde nun nicht mehr genährt. Möglicherweise hätte sie ohne diese Änderung in ihrem Lokführerleben den nächsten gravierenden Le-

bensschritt nicht vollzogen, eventuell auch nicht vollzie-
hen können.

Trotzdem, dass sie nun nicht mehr die Prinzessin der
Schattenwelt spielen durfte, gefielen Sophia auch die
Fahrten mit dem schnellen ICE. Im Ganzen war dieser
Dienst auch bequemer. Auswärtsübernachtungen kamen
kaum mehr vor. Nach einem halben Jahr Bewährung in
dieser Sparte wurde Sophia zur Hauptlokführerin befördert. Damit wurde sie einer der jüngsten Hauptlokführer
bei der Deutschen Bundesbahn.

Der ICE hatte nun die Geschwindigkeit von 280 km/h erreicht. Sophia sah an den Streckentafeln, dass sie für
den Beschleunigungsvorgang 15 km gebraucht hatte.
Etwas mehr Power hätten sie in den Zug schon einbauen
können, dachte sich Sophia. Die Strecke lag nun gradli-
nig vor ihr. Während sonstige Eisenbahnstrecken sich
dem Gelände anpassen, wenn auch in strenger Linien-
führung, so zerschneiten die Neubautrassen einfach die
Landschaft. Die Strecke bestand fast nur noch aus Ein-
schnitten, Viadukten und Tunneln. Sophias Zug schoss
wie ein Pfeil auf ihr dahin. Keine Zeit mehr um an andere
Dinge zu denken. Sie musste nun auf elektrische Sicht
fahren. Selbst bei Betätigung aller Bremsmöglichkeiten
würde ihr Bremsweg über 2 Kilometer betragen. Das her-
kömmliche Signalsystem war auf 1 Kilometer Bremsweg
abgestimmt. Es diente jetzt nur als Rückfallebene. Falls
die elektrische Sicht versagte, musste der Zug auf 160
km/h heruntergebremst werden um wieder nach den
Streckensignalen fahren zu dürfen.

Sophias Blick hing jetzt fast nur noch an den Strecken-
monitor. Er zeigte auf 5 Kilometer voraus was sie erwar-

tete. Ein Halt zeigendes Signal, eine Langsamfahrstelle oder eine sonstige Geschwindigkeitsreduzierung? Gleichzeitig wurde berechnet welche Geschwindigkeit sie zum gegenwärtigen Zeitpunkt maximal haben durfte um am betreffenden Punkt zu halten oder die Geschwindigkeit auf das vorgegebene Maß zu reduzieren. Das war die so genannte Sollkurve. Darunter war die Istkurve gezeichnet. Also die Geschwindigkeit die der Zug tatsächlich fuhr. Die Istkurve durfte nie über der Sollkurve liegen.

Die Landschaft raste an ihr vorüber. Schon kam der Bahnhof Vaihingen/Enz in Sicht, durch den sie ohne Geschwindigkeitsreduzierung hindurchbrauste, hinein in den dahinterliegenden Tunnel. Als sie wieder das Licht des Tages erblickte sah sie unter sich das Enztal. Über das Viadukt hinweg sauste nun der Zug in den Pulverdinger Tunnel. Schon sah Sophia den Tunnelausgang als ein furchtbarer Schlag den Triebkopf erschütterte. Sophia hatte den Eindruck als wäre ein Drehgestell weggerissen worden. Erschrocken schaltete sie die Fahrleistung ab und versuchte mühsam das druckdichte Seitenfenster zu öffnen. Als sie den Kopf herausstreckte riss sofort der Fahrtwind ihren Zopf auseinander und die langen Haare peitschten wie wild an der Bordwand. Sie konnte beim zurückschauen kaum noch Luft holen. Doch der Wagenzug lief noch in der Spur. Zurück im Cockpit meldete sie über Zugbahnfunk der Betriebsleitung: „ICE 575, Pulverdinger Tunnel, Kilometer 26, schwerer Schlag, vermutlich Schaden am Oberbau, Strecke sperren bis durch Bahnmeisterei freigegeben."

Sophia bremste nun den Zug auf 140 km/h herunter und fuhr mit dieser Geschwindigkeit weiter. Damit lud sie eine hohe Verantwortung auf sich. Wäre der Zug nun aufgrund eines erlittenen Schadens entgleist, hätte sie sich vor Gericht wieder gefunden. Ein anderer Lokführer hätte in dieser Situation den Zug angehalten und ihn mit einer Geschwindigkeit von 40 km/h auf dem Gegengleis zum Bahnhof Vaihingen zurückgesetzt. Dort hätten die Fahrgäste in einen angeforderten Ersatzzug umsteigen können. Der Zug wäre dann von Bahntechnikern untersucht worden, die entschieden hätten, wie mit dem Zug weiter zu verfahren sei. Der Lokführer wäre dann seiner Verantwortung ledig gewesen. Keiner hätte ihm einen Vorwurf machen können.

Doch auf dem Führerstand des ICE 575 saß kein Mietling sondern eine Vollbluteisenbahnerin. Die Frage nach Verantwortung stellte sich ihr in diesem Augenblick nicht. Sie handelte intuitiv. In Stuttgart wurden später auf einer Untersuchungsgrube die Laufwerke des Zuges überprüft und vermessen. Fast alle Räder an der rechten Zugseite hatten Schlagstellen an der Lauffläche und am Spurkranz. Der Zug musste nach München überführt werden, wo die Räder auf einer Unterflurdrehmaschine wieder rund gedreht wurden. Von den Technikern der Bahn wurde jedoch bescheinigt, dass, abgesehen von einer größeren Laufunruhe, eine Entgleisungsgefahr erst ab einer Geschwindigkeit von 200 km/h bestand. Sophia wusste zum Zeitpunkt des Ereignisses aber nichts davon. Staunend fragen wir, wie sie trotzdem im Sinn des Ganzen handeln konnte.

Wir stoßen hiermit auf geheimnisvolle Zusammenhänge von denen der Alltagsbürger keine Ahnung hat. Das Vorgehen Sophias lässt vermuten, dass hinter der Bahn eine intelligente Ganzheit steckt mit der sie im tiefsten verbunden war. Sophia war ein Glied und damit Teil dieses

Organismus. Und der Bahngeist, oder wie immer man dieses Phänomen auch nennen mag, handelte im Augenblick des Unfalles durch sie als ausführendes Glied, so wie es für das ganze Bahnwesen am erträglichsten war. Letztlich hängt im Kosmos alles zusammen und ist miteinander verbunden. Wenn auch das „Wie?" noch eine offene Frage ist.

Als Sophia den ICE 575 im Hauptbahnhof Stuttgart vor einem Prellbock zum halten brachte, hatte der Zug 13 Minuten Verspätung. Der Versuch die in Frankfurt übernommene Verspätung aufzuholen war gescheitert. Dafür hatte Sophia durch ihr Handeln den Fahrgästen Unannehmlichkeiten, sowie stundenlange Verzögerungen und der Bahn negative Schlagzeilen in den Medien erspart. Ihr Vorgehen war, wie bei dem Bahnübergangs-Unfall vor Backnang, bedenklich. Doch hatte sie sich wieder als echte Bahnbraut erwiesen, die in riskanter Weise das Gesamtwohl vor ihrer eigenen Karriere stellte.

Als Sophia am Nachmittag nach Hause kam, waren ihr Mann auf einer Beerdigung und die Kinder bei ihrer Oma. Kaum hatte sie ihre Diensttasche abgestellt, klingelte das Telefon. Die Oberlokleitung meldete sich. Die Untersuchungen im Pulverdinger Tunnel hatten ergeben, dass ein Schienenstück von vier Meter Länge aus dem Gleis getrennt wurde. Man vermutet, dass Personen, die schon seit Wochen versuchten die Bahn um Geld zu erpressen, dies getan hatten. Sie sollte aber stillschweigen bewahren, damit der noch junge ICE-Verkehr nicht durch die Beinah-Katastrophe überschattet und eventuell das Vertrauen der Kundschaft verlieren würde.

Sophia musste sich erst einmal in einen Sessel setzen. Sie war bleich geworden. Vier Meter! ging es ihr durch den Sinn. Und sie war mit 280km/h über diese Riesen-Lücke gerast. Ihr Zug musste geradezu darüber geflogen sein. Es war wie ein Wunder, dass alle Achsen sich wieder eingleisten. Was wäre gewesen wenn nur ein Rad nicht wieder auf die Schiene gesprungen wäre? Der Wagon hätte sich quer gestellt und die anderen wären hineingefahren, so dass sich im Tunnel alles miteinander verkeilt hätte und dies bei einer Geschwindigkeit von 280 km/h. Viel Überlebende hätte es da wohl nicht gegeben. Sophia sackte in sich zusammen. Mit aller Wucht traf nun Sophia der Schlag der im Pulverdinger Tunnel ihr Zug abbekommen hatte.

Als ihr Mann nach Hause kam bat sie ihn um Vergebung wegen der frühmorgendlichen Szene und versprach bei der Bahn zu kündigen und sich mehr der Gemeindearbeit zu widmen. Der verblüffte Pfarrer nahm froh seine blasse Frau in die Arme.

Abgesehen von ihrem Mann und den Kindern, die ihre Mutter wieder bekamen, fand Sophias Vorgehen wenig Verständnis. Was sie tat war eindeutig gegen den Trend der Zeit. Mit Stolz hatte man auf sie hingewiesen als eine Frau die in einem ausgesprochenen Männerberuf ihre Position behauptete und viele Kollegen darin übertraf. Sie war das Vorbild vieler Frauen geworden, die in der Männerwelt um ihre Gleichberechtigung kämpften. Und nun wurde Sophia zur Verräterin der Emanzipation. Man konnte ihr nicht verzeihen, dass sie auf einmal zu Kreuze kroch und unterwürfig zu Kirche, Kindern und Küche zurückkehrte. Selbst in der eigenen Gemeinde befürworteten vorerst nur sehr wenige ihren Schritt. Einer ihrer ehemaligen Bewunderer kam sogar zu ihr und sagte: „Ich gebe die Hoffnung nicht auf, das Sie eines Tages wieder das Kirchenblatt dem Herrn Pfarrer vor die Füße werfen und auf große Fahrt gehen."

Wiederum die Frage: Was war nun richtig? Analysieren wir einmal sachlich und leidenschaftslos die Folgen von Sophia Fuhrmanns Entscheidung. Ihr Arbeitsbereich lag nun daheim und im nebenan liegenden Gemeindehaus. Große Wege oder gar Fahrgastfahrten hatte sie nicht mehr zurück zulegen. Sie konnte jetzt effektiv mit ihre Arbeitskraft den Menschen dienen; ob es nun die eigene Familie oder die Mitglieder der Gemeinde betraf. Auswärtsübernachtungen kamen nicht mehr vor. Ihre Arbeitszeit erfolgte geregelt bei Tage. Überall waren Toiletten. Auf der Lok hatte sie keine. Bei langen Fahrten war wenig trinken angesagt. Jetzt konnte sie oft und soviel sie wollte trinken. Sie konnte jede Nacht im bequemen ehelichen Bett verbringen. Einige in ihrer nächsten Umgebung wurden zufriedener und manches gestaltete sich harmonischer. Heftige Auseinandersetzungen mit ihrem Mann kamen kaum noch vor. Die Bahn hatte zwar eine engagierte Mitarbeiterin verloren. Doch dieses Unternehmen hatte noch viele Vollbluteisenbahner, während die Familie nur eine Mutter und die Gemeinde nur eine Pfarrfrau hatte.

Als absurd und verräterisch kann, trotz aller emotionalen Regungen, ihr Verhalten gerechterweise nicht beurteilt werden. Wurde sie nun glücklich? Nein, sie war und wurde es nicht. Sie liebte ihren Beruf als Lokführerin weit mehr als Kirche und Küche. Sie hatte etwas drangegeben was ihr Leben ausmachte. Mehr der Pflicht gehorchend als dem eigenem Triebe widmete sie sich fortan den drei **K**. Mit diesem Schritt vom egozentrischen zum selbstlosen Handeln hatte sie einen Paradigmenwechsel par excellence vollzogen. Auch wenn es niemand hören will oder verstehen vermag, sie wurde damit zu einer verkannten Heldin unserer Zeit. Sie hatte den schwersten Sieg errungen, sie hatte sich selbst bezwungen. Letztlich hatte sie auch ihrem Namen Ehre gemacht und weise gehandelt. Sie hatte dran gegeben was sie doch nicht zu behalten vermochte um zu gewinnen was sie nicht mehr verlieren konnte.

Etwas später wurde die Deutsche Bundesbahn in 5 Aktiengesellschaften zerschlagen. Die Zeit der Vollbluteisenbahner und Bahnbräute ging zu Ende. Alles ging um die Wirtschaftlichkeit und den Gewinn des Unternehmens. Zum ersten Mal nach über 170 Jahren fingen die Lokführer an zu streiken. Ein Vorgang der zu Sophias aktiven Zeiten undenkbar gewesen wäre. Das Unternehmen, in dem hintergründig Sehnsucht und Abenteuer mitschwang, veränderte sich zu reiner Nüchternheit. Schon am neuen DB-Zeichen, das an Dürrheit nicht mehr zu überbieten war, wurde dies augenfällig. Ob es Sophia da noch gefallen hätte?

Was aber war mit ihrer Bahnverlobung und Vermählung in Ewigkeit. Konnte sie so einfach ungestraft diese tiefe Verbindung kappen und im übertragenen Sinn zur Ehebrecherin werden? Damit kommen wir zum springenden Punkt der Geschichte. Wer war dieser so genannte Bahngeist? In Ermangelung von Worten hatten wir ihn so getauft. Mit wem hatte sich Sophia damals bei ihrer Nacht- und Nebelfahrt innig verbunden?

Alles Unverständnis der Menschen, das Sophia entgegenschlug, machte ihr wenig aus. Sie war sich ihrer Sache sicher. Doch in dem genannten Punkt, von dem die Anderen nichts wussten, bekam auch sie Bedenken. Durfte sie so rigoros eine über das rein berufliche hinaus gehende Bindung brechen? Zur Genugtun ihres Mannes wuchs Sophia mit der Zeit immer mehr in ihre Aufgabe als Mutter und Pfarrfrau hinein. Je besser sie die früher vernachlässigten Pflichten erfüllte, umso verwunderter stellte sie fest, dass die Verbindung zu jenem transzendenten Wesen immer noch da war. Ja, das Verhältnis zu ihm war sogar reiner und lauterer geworden. Wie ist dies möglich, dachte sich Sophia? Diese innere Stimme hätte sie doch mit Verwürfen quälen müssen. Stattdessen fühlte sie sich durch ihren neuen Lebensbereich hindurch getragen.

Sophia war verblüfft. Still und froh bewahrte sie diese Gewissheit in sich. Allmählich wandelte sich auch die Einstellung der Gemeinde gegenüber ihrem frevelhaften Karriereknick. Insgeheim wurde mit der Zeit ihre Entscheidung gebilligt und sogar geachtet, denn die Pfarrfrau verrichtete freundlich und zufrieden sämtliche Arbeiten und strahlte etwas Beeindruckendes aus.

Sophia bewältigte aber nicht nur ihre Aufgaben zufriedenstellend sie nahm durch ihre kirchliche Umgebung auch an Erkenntnis zu. Dennoch hat es Jahre gedauert, bis sie erkannte, wem sie damals auf der Fahrt nach München im Führerstand ihrer Güterzuglok begegnete. Es war nicht **ein** Geist der sich auf die Bahn beschränkte. Es war **der** Geist, der am Webstuhl der Zeit Welten und Leben schuf, und der auch der Bahn zum Leben verhalf. Dieser Geist hatte ihr den Weg zu den Sternen gewiesen, als sie in jener klaren Nacht den Fischzug führte. Und dieser Geist hatte ihr dabei deutlich gemacht, dass es auf den Zielpunkt ankommt. Es gilt zu bedenken: Wohin führt der eigene raue Weg?

Für Sophia war dies eine fruchtbare und erregende Erkenntnis. Viele haben nach ihrer gravierenden Lebensumstellung gemeint, sie habe in ihrer Dummheit alles verdorben. In Wirklichkeit hatte sie alles gewonnen. Sie hatte die geheime Quelle des Lebens entdeckt. Noch verstand sie freilich dieses Urwesen nur als Schöpfergott, der den Sternenhimmel, die Erde und die Bahn gemacht hatte. Noch kannte sie es nicht als Erlösergott, und schon gar nicht als das Allgenugsam-Wesen. Aber sie war auf den Weg dorthin. Auf den Weg zu den Sternen und auf den Weg zu einer neuen Welt.

Wer nun meint mit dem Lokfahren war es für Sophia ein für alle male vorbei, der irrt. Schon nach einem Jahr organisierte Sophia für die Gemeinden in ihrem Dekanat zwei- bis dreimal im Jahr Ausflugsfahrten mit Sonderzügen der Bahn. Selbstredend, dass sie die Züge persönlich fuhr. Da ihre Streckenkenntnisse bereits verfallen waren, gab ihr die Bahn jedes Mal einen Lotsen mit. Aber wem interessierte dies schon. Die meisten bekamen dies ohnehin gar nicht mit. Die Hauptsache war, dass sie die Lok steuerte und den Zug fuhr. Dass eine Pfarrfrau die Gemeindeglieder ans Ziel brachte, war für die meisten eine Freude und es gab immer ein großes „Hallo" wenn sie sich dabei blicken ließ. Bei diesen Fahrten, die auch Neugierige und Interessierte außerhalb der kirchlichen Gemeinden anzog, wurden auch die letzten Skeptiker mit Sophias antiquierten Lebensweg wieder versöhnt.

Die Geschichte mit Sophia Fuhrmann endete gut. Wer hätte gedacht, dass ihr Leben solch einen Verlauf nehmen würde? Unser Leben besteht aus Begegnungen, manche wollen in die Tiefe ziehen. Sophia aber wurde, an allen Abgründen vorbei, durch eine geheimnisvolle bleibende Begegnung zum Leben gezogen.